CATALOGUE

DE

BEAUX LIVRES

ORNÉS DE FIGURES

ET

D'OUVRAGES DE BIBLIOGRAPHIE

DONT LA VENTE AURA LIEU

Du Mardi 20 au Samedi 24 Mars 1883

A DEUX HEURES PRÉCISES

HOTEL DES COMMISSAIRES-PRISEURS, RUE DROUOT

Salle n° 4

Par le ministère de Me MAURICE DELESTRE, commissaire-priseur
RUE DROUOT, 27

Assisté de M. EM. PAUL, gérant de la librairie Vve ADOLPHE LABITTE.

PARIS

Vve ADOLPHE LABITTE

LIBRAIRE DE LA BIBLIOTHÈQUE NATIONALE

4, RUE DE LILLE, 4

1883

Paris. — Typ. G. Chamerot, 19, rue des Saints-Pères. — 14130.

CATALOGUE

DE

BEAUX LIVRES

ORNÉS DE FIGURES

CONDITIONS DE LA VENTE

La vente se fait expressément au comptant.

Les acquéreurs payeront 5 pour 100 en sus des enchères, applicables aux frais.

Il y aura exposition chaque jour de vente, de 1 à 2 heures.

Les livres devront être collationnés dans les vingt-quatre heures de l'adjudication. Passé ce délai, ou une fois sortis de la salle de vente, ils ne seront repris pour aucune cause.

M. Em. PAUL, chargé de la vente, remplira les commissions des personnes qui ne pourraient y assister.

ORDRE DES VACATIONS

Première vacation. — *Mardi* 20 *Mars* 1883.

Numéros. . . . . 402 à 494
— . . . . 1 à 100

Deuxième vacation. — *Mercredi* 21 *Mars*.

Numéros. . . . . 495 à 580
— . . . . 101 à 200

Troisième vacation. — *Jeudi* 22 *Mars*.

Numéros. . . . . 581 à 669
— . . . . 201 à 300

Quatrième vacation. — *Vendredi* 23 *Mars*.

Numéros. . . . . 670 à 751
— . . . . 301 à 401

Cinquième vacation. — *Samedi* 24 *Mars*.

Numéros. . . . . 752 à 758

Livres non catalogués vendus séparément ou en lots.

CATALOGUE

DE

BEAUX LIVRES

ORNÉS DE FIGURES

ET

D'OUVRAGES DE BIBLIOGRAPHIE

DONT LA VENTE AURA LIEU

Du Mardi 20 au Samedi 24 Mars 1883

A DEUX HEURES PRÉCISES

HOTEL DES COMMISSAIRES-PRISEURS, RUE DROUOT

Salle n° 4

Par le ministère de Me MAURICE DELESTRE, commissaire-priseur
RUE DROUOT, 27

Assisté de M. EM. PAUL, gérant de la librairie Vve ADOLPHE LABITTE.

PARIS

V^VE^ ADOLPHE LABITTE

LIBRAIRE DE LA BIBLIOTHÈQUE NATIONALE

4, RUE DE LILLE, 4

1883

CATALOGUE

DE

BEAUX LIVRES

ORNÉS DE FIGURES

ET

D'OUVRAGES DE BIBLIOGRAPHIE

THEOLOGIE. — JURISPRUDENCE

1. Nouvelles Heures gothiques, d'après les manuscrits des bibliothèques publiques et particulières. *Paris, Leroy, s. d.,* in-12, carré, goth. encadrements et figures en chromolithog. mar. vert foncé jans. dent. int. tr. dor.

Ouvrage entièrement monté sur onglets.

2. Le Péché originel, traduit librement du latin d'Adrien Beverland, par J.-Frédéric Bernard. Notice bio-bibliographique, par un Bibliophile. *Paris,* 1868, pet. in-8, pap. de Holl. demi-rel. mar. vert avec coins, tête dor. ébarbé.

Réimpression faite à petit nombre.

3. Les Très merveilleuses Victoires des femmes du Nouveau-Monde, suivi de la doctrine du siècle doré, par Guillaume Postel, avec une notice biographique et bibliographique, par M. Gustave Brunet. *Turin, J. Gay,* 1869, in-8 de 115 pp. demi-rel. mar. bleu avec coins, dos orné, fil. tête dor. éb.

Tiré à très petit nombre.

4. Les Très merveilleuses Victoires des femmes du Nouveau-Monde, suivi de la doctrine du siècle doré, par Guillaume Postel, avec une notice biographique et bibliographique,

par Gustave Brunet. *Turin, J. Gay et fils*, 1869, gr. in-8, papier de Hollande, br.

Tiré à très petit nombre.

5. Les Très merveilleuses Victoires des femmes du Nouveau-Monde, suivi de la doctrine du siècle doré, par Guillaume Postel, avec une notice biographique et bibliographique, par M. Gustave Brunet. *Turin, J. Gay*, 1869, in-8, de 115 pp. br.

Exemplaire sur PAPIER DE CHINE.

---

6. Dissertatio de successionibus ascendentium tam in allodialibus quam in feudis, auctore Johanne Tilemanno. *Lugd. Batavor.*, 1644, in-12, mar. rouge jans. dent. int. tr. dor.

7. J.-J. Raepsaet. Les Droits du Seigneur; recherches sur l'origine et la nature des droits connus anciennement sous les noms de Droits des premières nuits, de Markette, d'Affora, Marcheta, Maritagium et Bumed. *Rouen, J. Lemonnyer*, 1879, pet. in-8 de 50 pp. papier vélin teinté, demi-rel. chagr. vert, dos orné, tête dor. ébarbé.

8. J.-J. Raepsaet. Les Droits du Seigneur; recherches sur l'origine et la nature des droits. *Rouen, J. Lemonnyer*, 1877, in-8 de 57 pages, demi-cart. percal. non rog.

Un des deux exemplaires tirés sur papier rose.

9. Code de la Librairie et imprimerie de Paris, arrêté au conseil d'État du Roy, le 28 février 1723, avec les anciennes ordonnances. *A Paris, aux dépens de la Communauté*, 1744, in-12, v. ant.

SCIENCES ET ARTS

I. — SCIENCES DIVERSES

10. Les Essais de Montaigne, accompagnés d'une notice sur sa vie et ses ouvrages, etc., par E. Courbet et Ch. Royer. *Paris, Alphonse Lemerre,* 1872-1877, 4 vol. in-8, br.

De la Collection Lemerre, exemplaire sur PAPIER DE HOLLANDE.

11. Œuvres de La Rochefoucauld, nouvelle édition revue sur les plus anciennes impressions et les autographes, par M. D.-L. Gilbert. *Paris, L. Hachette,* 1868-1874, 2 vol. in-8, br.

De la Collection des *Grands Écrivains de la France.*

12. Œuvres de La Bruyère, nouvelle édition revue sur les plus anciennes impressions et les autographes, par M. G. Servois. *Paris, L. Hachette,* 1865, 2 vol. in-8, br.

De la Collection des *Grands Écrivains de la France.*

13. Jugement du Bal et de la Danse, par un professeur en théologie (Dom Gab. Gerberon). *Suivant la copie imprimée à Paris et se vend à Anvers, Balthazar Van Wolsschaten,* 1698, pet. in-12 de 36 pp. demi-rel. mar. vert avec coins, dos orné, fil. tête dor. ébarbé.

Rare.

14. La Femme dans l'antiquité et d'après la morale naturelle, par Joseph de Rainneville. *Paris, Mich. Lévy (Lyon, impr. L. Perrin),* 1865, in-8, papier vergé teinté, demi-rel. mar. vert jans. avec coins, tête dor. éb.

15. Dissertation sur les idées morales des Grecs et sur le danger de lire Platon, par M. Aubé. *Rouen, J. Lemonnyer,* 1879, pet. in-8 de 20 pp. papier vélin teinté, demi-rel. mar. vert, dos orné, tête dor. ébarbé.

16. Aristippe, ou de la cour, par M. de Balzac. *Amsterdam, Daniel Elzevier,* 1664, pet. in-12, titre gr. mar. r. dos orné, fil. tr. dor.

Le titre est doublé et porte 2 cachets.

17. Pensées d'un gentil-homme, qui a passé la plus grande partie de sa vie dans la cour et dans la guerre (par de Bourdonné). *Jouxte la copie. Paris, Antoine Vitré,* 1665, in-12, mar. brun jans. tr. dor.

18. Sur les obscénités, remarques par Pierre Bayle, publiées pour la première fois séparément, avec une notice bio-bibliographique. *Bruxelles, Gay et Doucé,* 1879, in-12 de 106 pp. demi-cart. percal.

19. Rapports de la délégation ouvrière française à l'exposition universelle de Vienne. *Paris, Ve A. Morel,* 1874, in-8 de 48 pp. demi-cart. perc.

20. La Lettre de change, son origine. Documents historiques, par Jules Thieury. *Paris, Aug. Aubry,* 1862, pet. in-8 de 44 pp. demi-rel. mar. bleu avec coins, dos orné, fil. tête dor. éb. (*Capé.*)

Un des cinq exemplaires tiré sur beau papier de Hollande.

---

21. Dans les Bois, imité de l'allemand, par Louis Énault. Dessins par Weber, gravés par Sargent. *Paris, J. Rothschild,* 1870, in-8, figures gravées, demi-rel. chagr. r. dos orné.

22. Histoire naturelle des Oiseaux, suivant la classification de M. Isidore Geoffroy-Saint-Hilaire, avec l'indication de leurs mœurs et de leurs rapports avec les arts, le commerce et l'agriculture, par M. Emm. Le Maout. *Paris, L. Curmer,* 1853, gr. in-8, papier vélin, figures gravées dans le texte et hors texte, demi-rel. chagr. violet, plats toile, tr. dor.

23. Tableau de l'Amour conjugal, par N. Venette. Nouvelle édition, ornée de seize gravures. *Paris,* 1830, 4 vol. pet. in-12, figures, cart. toile.

24. La Génération humaine, par G.-J. Witkowski, docteur

en médecine. Ouvrage contenant 226 gravures sur bois et 12 planches découpées, coloriées, superposées. *Paris, H. Lauwereyns,* 1880, gr. in-8, vignettes dans le texte, cart. perc. r. tr. dor.

25. Les Échappements à repos, comparés aux échappements à recul; avec un mémoire sur une montre de nouvelle construction, etc., suivi de quelques réflexions sur l'état présent de l'horlogerie..... par Jean Jodin. *Paris, A. Jombert,* 1754, in-12, 3 planches de figures, mar. r. dos orné, fil. et armoiries sur les plats, tr. dor. (*Reliure ancienne.*)

Joli volume aux armes de ROSSET DE FLEURY. A la suite de cet ouvrage se trouve relié : Examens des dernières observations de M. de La Lande, de l'Académie Royale des Sciences, insérées dans le Mercure de juillet dernier par Jean Jodin, horloger à Paris. *Paris, Lambert,* 1755, in-12, de 28 pp.

II. -- BEAUX-ARTS

26. Notices sur quelques artistes français, architectes, dessinateurs, graveurs du XVIe au XVIIIe siècle, par H. Destailleur. *Paris, Rapilly*, 1863, gr. in-8, papier vergé teinté, demi-rel. mar. vert, dos orné, fil. tête dor. éb.

27. Description de tous les moyens de dessiner sur pierre, avec l'étude des causes qui peuvent empêcher la réussite de l'impression des dessins, par E. Tudot. *Paris, Arthus Bertrand,* 1833, in-18, cart. dos de toile, ébarbé.

28. Les Monogrammes historiques, d'après les monuments originaux, par Aglaüs Bouvenne. *Paris, Académie des Bibliophiles,* 1870, pet. in-12, papier de Hollande, demi-rel. mar. r. avec coins, tête dor. ébarbé.

29. Dictionnaire du chiffre-monogramme dans les styles moyen âge et renaissance et des couronnes nobiliaires universelles. Trente-quatre planches gravées au burin, accompagnées d'un texte historique sur les chiffres-monogrammes et couronnes depuis l'antiquité jusqu'à nos jours. Composition, gravures et texte par Demangeot. *Paris, Charles Demangeot,* 1880, gr. in-4, papier vélin,

portrait, figures et planches gravées, demi-rel. mar. r. jans. tête dor. ébarbé.

30. Renseignements sur quelques peintres et graveurs des XVIIe et XVIIIe siècles. — Israel Silvestre et ses descendants, par E. de Silvestre. *Paris, Mme Vve Bouchard-Huzard,* 1869, in-8, portrait, v. f. dos orné, fil.

31. L'Œuvre et la vie de Michel-Ange, par M. Ch. Blanc, Eug. Guillaume, Paul Mantz, Charles Garnier, Mezières, Anatole de Montaiglon, Georges Duplessis et Louis Gonse. *Paris, Gazette des Beaux-Arts,* 1876, gr. in-8 br. papier vélin teinté, portrait et figures.

32. Catalogue raisonné de toutes les estampes qui forment l'Œuvre de Rembrandt et des principales pièces de ses élèves, composé par les sieurs Gersaint, Helle, Glomy et P. Yyer. Nouvelle édition corrigée et augmentée par M. le chevalier de Claussin. *Paris, Firmin-Didot,* 1824, in-8, demi-rel. v. rosé avec coins, dos orné, fil. tête dor. éb.

33. Louis Leroy. Les Pensionnaires du Louvre. Dessins de Paul Renouard. *Paris, librairie de l'Art,* 1880, in-4, papier vélin, fig. br.

34. Baron Davillier. Fortuny, sa vie, son œuvre, sa correspondance, avec 5 dessins inédits en fac-simile et 2 eaux-fortes originales. *Paris, Aug. Aubry,* 1875, in-8, br. 5 dessins et 2 eaux-fortes.

Tiré à petit nombre.

Exemplaire sur papier Whatmann, avec une double suite des eaux-fortes.

35. Jules Hedou. Gustave Morin et son œuvre. Portrait à l'eau-forte, par Gilbert. *Rouen, E. Augé,* 1877, in-8, 65 pp. papier vergé de Hollande, portrait, br.

Tiré à petit nombre.

36. Catalogue raisonné de l'œuvre gravé et lithographié de M. Alphonse Legros, par MM. A. P. Malassis et A.-W. Thibaudeau. Portrait à l'eau-forte, par M. Frédéric Regamey, 1855-1877. *Paris, J. Baur,* 1877, in-8, papier de Hollande, portrait br.

37. Géricault, étude biographique et critique, avec le cata-

logue raisonné de l'œuvre du maître, par Ch. Clément. Troisième édition augmentée d'un Supplément et ornée de trente planches. *Paris, Didier,* 1879, in-8, papier vélin, planches gravées demi-rel. mar. rouge avec coins, fil. tête dor. éb.

38. Catalogue raisonné de l'œuvre peint, dessiné et gravé de P.-P. Prud'hon, par Edmond de Goncourt. *Paris, Rapilly,* 1876, in-8, portr. in-8, br.

39. Histoire de la Gravure, par Georges Duplessis, contenant 78 reproductions de gravures anciennes exécutées pour la plupart par le procédé de M. Armand Durand. *Paris, Hachette,* 1880, gr. in-8, figures, demi-rel. mar. vert foncé, tête dor. ébarbé.

40. Traicté des manières de graver en taille-douce sur l'airin par le moyen des eaux-fortes, etc., par A. Bosse. *A Paris, chez le dit Bosse,* 1645, in-8, mar. rouge, dos orné, comp. à la Du Seuil sur les plats, dent. int. tr. dor. (*Capé.*)

Première édition rare et recherchée. Ces figures sont au nombre de 19.

41. Histoire artistique et archéologique de la gravure en France, par Alf. Bonnardot, Parisien. *Paris, Deflorenne neveu,* 1849, in-8, veau olive, dent. à froid.

Exemplaire sur PAPIER DE HOLLANDE.

42. Essai satirique sur les vignettes, fleurons, culs-de-lampe et autres ornements des livres, 1 vol. — Connaissances nécessaires à un amateur d'objets d'art et de curiosités, par Oppenheim, 1 vol. — Recherches bibliographiques sur les livres rares et curieux, par Paul Lacroix, 1 vol. — Les Amateurs de vieux livres, par Paul Lacroix, 1 vol. — De la matière des livres, par un bibliophile, 1 vol. *Paris, Édouard Rouveyre,* 1873-80. — Ens. 5 vol. papier de Hollande, broché.

43. Essai sur l'origine de la gravure en bois et en taille-douce et sur la connaissance des estampes des XVe et XVIe siècles, où il est parlé aussi de l'origine des cartes à jouer et des cartes géographiques (par Jansen). *Paris, chez F. Schoell,* 1808, 2 vol. in-8, planches gravées, demi-rel. mar. gren. jans. avec coins, tête dor. éb.

44. Les Gravures françaises du XVIIIe siècle, ou catalogue raisonné des estampes, eaux-fortes, pièces en couleur, en bistre et au lavis, de 1700 à 1800, par Emm. Bocher. *Paris, librairie des Bibliophiles et Rapilly,* 1875-1879, 5 vol. in-4, papier de Hollande, portraits, br.

1er fascicule, Nicolas Lawrence. 2e fascicule, Pierre-Antoine Baudouin. 3e fascicule, J.-B.-Siméon Chardin. 4e fascicule, Nicolas Lancret. 5e fascicule, Augustin de Saint-Aubin.

45. Les Graveurs de portraits en France. Catalogue raisonné de la collection des portraits raisonnés de l'école française appartenant à Ambroise Firmin-Didot, précédé d'une introduction, ouvrage posthume. *Paris, Firmin-Didot,* 1875-1877, 2 vol. in-8, br.

46. Supplément au dictionnaire des graveurs anciens et modernes de F. Basan, suivi d'une table alphabétique des maîtres cités dans cet ouvrage. *Bruxelles, Jos. Ermens,* 1791, pet. in-8, demi-rel. veau fauve, fil.

47. Charles-Étienne Gaucher, graveur. Notice et catalogue, par le baron Roger Portalis et Henri Draibel. *Paris, D. Morgand et Ch. Fatout,* 1879, in-8, portrait, br.

48. L'Œuvre de Moreau le jeune. Catalogue raisonné et descriptif, avec notes iconographiques et bibliographiques par M. J.-F. Mahérault, orné d'un portrait de l'auteur, par Le Rat et précédé d'une notice biographique par Émile de Najac. *Paris, Adolphe Labitte,* 1880, gr. in-8, portr. papier de Hollande, br.

49. Le Département des estampes à la Bibliothèque nationale. Notice historique suivie d'un catalogue des estampes, par le vicomte Henri de Laborde. *Paris, Plon,* 1875, pet. in-8, br.

50. Voyage d'un Iconophile. Revue des principaux cabinets d'estampes, bibliothèques et musées d'Allemagne, de Hollande et d'Angleterre, par Duchesne aîné. *Paris, Heideloff et Campé,* 1834, in-8, br.

51. Voyage d'un Iconophile. Revue des principaux cabinets d'estampes, bibliothèques et musées d'Allemagne, de

Hollande et d'Angleterre, par Duchesne. *Paris, Heideloff et Campé,* 1834, gr. in-8, cart.

52. Iconographie des estampes à sujets galants et des portraits de femmes célèbres par leur beauté..., par le C. d'I*** (par J. Gay). *Genève, Gay,* 1868, in-8, br.

53. Recherches sur les almanachs et calendriers artistiques, à estampes, à vignettes, à caricatures et principalement du XVIe au XIXe siècle, avec notices bibliographiques sur les almanachs divers, notamment à l'époque de la Révolution, par F. Pouy. *Amiens, Émile Glorieux,* 1874, in-8, broché.

Rare.

54. Catalogue des dessins et estampes composant la collection de M. Ambroise Firmin-Didot, de l'Académie des Inscriptions et Belles-Lettres, précédé d'introductions, par M. Ch. Blanc et Georges Duplessis. *Paris, Danlos fils et Delisle,* 1877, gr. in-8, demi-rel. mar. br. tête dor. éb.

55. Catalogue complet d'eaux-fortes originales et inédites composées et gravées par les artistes eux-mêmes, avec dix planches types divers, par A. Appian, Félix Buchot, A.-P. Martial, etc. *Paris, Ve A. Cadart,* 1878, in-8, fig. br.

56. Catalogue de l'œuvre lithographié et gravé de H. Daumier, par Champfleury, avec une eau-forte. *Paris, Librairie parisienne,* 1878, in-4, papier vélin teinté, eau-forte, 52 pp. br.

57. Catalogue de l'exposition de gravures anciennes et modernes, 4 juillet 1881. *Paris, Cercle de la Librairie,* 1881, in-4, papier vélin, gravures noires et en chromolithog. cart. de Magnier.

58. L'Heptaméron. 74 gravures d'après Freudenberg. *Paris, Cl. Eudes, s. d.*, in-8, cart.

Épreuves en noir sur papier vergé.

59. Un portrait et 6 figures gravées à l'eau-forte, par Ed. Hédouin, pour illustrer Paul et Virginie. En feuilles dans un carton.

Épreuves sur PAPIER DU JAPON ET AVANT TOUTES LETTRES.

60. Seize eaux-fortes de Jules Chevrier, pour illustrer l'ou-

vrage intitulé : les Amoureux du livre, par F. Fertiault. *Paris, A. Claudin, s. d.* (1875), in-8, cart.

Épreuves AVANT LA LETTRE SUR PAPIER DU JAPON.

61. Album Béranger, par Grandville. *Paris, Perrotin, s. d.*, in-8, fig. br.

62. Suite des gravures de l'Éventail, par Octave Uzanne, illustrations de Paul Avril. Gr. in-8 en feuilles dans un carton en satin bleu avec attaches.

Titre et 63 vignettes à part tirées sur papier du Japon.

63. Léopold Flameng. Onze eaux-fortes pour illustrer Manon Lescaut. *Paris, A. Quantin*, 1879, gr. in-8 en feuilles dans un carton.

64. Dix eaux-fortes pour illustrer Mademoiselle de Maupin, de Théophile Gautier. *Paris, Nadaud*, 1881, in-fol. cart.

Planches gravées par W. Poirson d'après les dessins de Talhuet. Épreuves sur PAPIER DE HOLLANDE AVANT LA LETTRE.

65. Les Dessins de maîtres anciens exposés à l'école des Beaux-Arts en 1879, étude par le marquis de Chennevières. *Paris, Gazette des Beaux-arts*, 1880, in-8, figures hors texte et vignettes dans le texte, demi-rel. chagr. r. avec coins, tête dor. ébarbé.

Tiré à petit nombre.

66. Les Douze Travaux d'Hercule, illustrés par A. Coinchon, lithographiés par Henri Sevenet. *Paris, Alphonse Lemerre, s. d.*, in-4, 60 planches gravées et coloriées, cart. fers spéciaux sur les plats.

67. Les Plaisirs de Baden, album de 30 lithographies, par A. Darjon. *Paris, Bureau du Charivari, s. d.*, in-4, lithographies, br.

68. Synonymes en actions, composés et lithographiés par V. Adam. *Paris, Aubert, s. d.*, in-4, 23 planches de figures, cart.

69. Les Femmes de Paul de Kock, par MM. Beauvallet et ***; édition illustrée de 50 grands types et de 100 vignettes. Dessins de MM. Castelli, Gerlier et Lix; gravures de MM. Demarle, Hildebrand, Perrichon, Renard, Trichon

et Yon. *Paris, Charlieu et Huillery, s. d.*, gr. in-8, 50 grands types et 100 vignettes, demi-rel. mar. bleu avec coins, dos orné, fil. tête dor. ébarbé.

Exemplaire tiré sur PAPIER ROSE.

70. 1827-79. Victor Hugo. Ses portraits et ses charges, catalogués par Aglaüs Bouvenne et accompagnés de 3 eaux-fortes. *Paris, J. Baur*, 1879, in-12, eaux-fortes, br.

Exemplaire sur PAPIER WHATMAN.

71. Gavarni, étude par Georges Duplessis, ornée de quatorze dessins inédits. *Paris, Rapilly*, 1876, in-8 de 80 pp. papier vélin teinté, fig. dans le texte, br.

72. Œuvres choisies de Gavarni, suivies de l'œuvre complète publiée dans le Diable à Paris, sous ce titre : *les Gens de Paris*. 520 dessins avec leurs légendes. *Paris, J. Hetzel et Blanchard*, 1857, gr. in-4, papier vélin, figures, demi-rel. chagr.

73. Gavarni. Masques et visages. *Paris, librairie du Figaro*, 1868, gr. in-8, papier vélin, frontispice et portrait, vignettes dans le texte, cart. perc. r. tr. dor.

74. L'Œuvre de Gavarni : lithographies originales et essais d'eau-forte et de procédés nouveaux. Catalogue raisonné par J. Armelhault et E. Bocher. *Paris, Librairie des Bibliophiles*, 1873, in-8, papier vélin, portrait de Gavarni, 2 lithographies et 1 eau-forte, demi-rel. mar. vert avec coins, dos orné et mosaïqué de mar. rouge, fil. tête dor. ébarbé.

75. Gavarni, l'homme et l'œuvre, par Edm. et Jules de Goncourt; ouvrage enrichi du portrait de Gavarni, gravé à l'eau-forte par Flameng. *Paris, H. Plon*, 1873, in-8, figures, demi-rel. mar. La Vall. jans. avec coins, tête dor. éb.

76. La Chine tintamarresque, par Touchatout (L. Bienvenu), illustrations de Georges Lafosse. *Paris, Librairie de l'eau-forte, s. d.*, gr. in-8, figures dans le texte, demi-cart. perc.

77. Paris à l'eau-forte. Actualité, curiosité, fantaisie. Rédacteur en chef : Richard Lesclide ; directeur des eaux-fortes : Frédéric Régamey. Avril 1873 à mars 1874. *Paris,*

R. Lesclide, 3 vol. gr. in-8, nombreuses figures et vignettes à l'eau-forte, br.

78. Arsène Houssaye. Tableaux rustiques. Le Cochon illustré, par Charles Jacques, Henry Guérard, Paul Fournier, Van Ryssel et Frédéric Régamey. *Paris, Librairie de l'eau-forte,* 1876, in-4 de 40 pp. papier vélin, frontispice gravé, vignettes, br.

79. Fables choisies tirées des Métamorphoses d'Ovide. Gravures de Bernard Picart et autres maîtres du xviiie siècle. Texte par René Ménard. *Paris, A. Lévy,* 1877, 2 vol. gr. in-4, ouvrage en feuilles dans 2 cartons.

Exemplaire tiré sur papier vergé de Hollande, numéroté.

80. Costumes du xviiie siècle tirés des *Prés Saint-Gervais,* avec l'autorisation de MM. V. Sardou, Ph. Gille et Ch. Lecocq. 20 eaux-fortes de A. Guillaumot fils, d'après les dessins de M. Draner, tirées chez Ch. Chardon aîné. *Paris, P. Rouquette,* 1874, gr. in-4, en feuilles, 20 eaux-fortes.

81. Costumes du Directoire tirés des Merveilleuses, avec une lettre de M. Victorien Sardou, 30 eaux-fortes de A. Guillaumot, avec un portrait de M. V. Sardou. Dessins de MM. Eugène Lacoste et Draner, d'après des estampes du temps, tirés chez Chardon. *Paris, Rouquette,* 1875, in-4, figures en feuilles.

Épreuves sur chine.

---

82. Dictionnaire raisonné du mobilier français de l'époque carlovingienne à la Renaissance, par M. Viollet-le-Duc, architecte. *Paris, Bance,* 1858, in-8, planches gravées et figures dans le texte, demi-rel. mar. gren. jans. tête dor. ébarbé.

Tome Ier de l'ouvrage.

83. Rome souterraine, résumé des découvertes de M. de Rossi dans les catacombes romaines, par J. Spencer, Northcote et W. R. Brownlow, traduit de l'anglais, avec des additions et des notes, par Paul Allard. *Paris, Didier,* 1877, in-8, papier vélin, vignettes et figures hors texte, demi-rel. chag. rouge avec coins, tête dor. éb.

84. Galerie des marbres antiques du Musée de Campana à Rome, sculptures grecques et romaines, avec une introduction et un texte descriptif, par M. Henry d'Escamps. *Berlin, A. Asher,* 1868, gr. in-4, planches en photographies, demi-rel. chagr. r.

Ouvrage monté sur onglets.

85. Dictionnaire des marques et monogrammes des faïences, poteries, grès, terre de pipe, terre cuite, porcelaine, etc., par Ris-Paquot. *Paris, Raphaël Simon,* 1879, in-8, figures de monogrammes, br.

86. Collection Auguste Dutuit : Antiquités, Médailles, Monnaies, Objets divers exposés au palais du Trocadéro, en 1878. *Paris, A. Lévy,* 1879, in-4, planches noires et en chromolithog. cart. perc. grenat, ornements sur les plats, tête dor. ébarbé.

87. Le Recueil de l'Art et de la curiosité, ou Revue des ventes publiques en 1875, 1876, 1877 et 1878 à Paris, Hôtel des commissaires-priseurs, par J. Brunard. *Paris, Renouard,* 1878, in-8, br.

88. Le Double Almanach Gourmand, par Charles Monselet. *Paris, librairie du Petit Journal,* 1866-1870, 3 parties en 1 vol. in-12, demi-rel. chagr. br. fil. tête peigne, éb.

Almanachs pour 1866-1867-1868-1869 et 1870.

BELLES-LETTRES

I. — LINGUISTIQUE — ORATEURS

89. Thesaurus eroticus linguæ latinæ ad intelligentiam Poetarum et Theologorum tam antiquæ quam integræ infimæque latinitatis, edidit Carolus Rambach. *Stuttgartiæ, Paulus Neff,* 1833, in-8, br.

90. Récréations philologiques, ou Recueil de notes pour servir à l'histoire des mots de la langue française, par F. Génin. *Paris, Chamerot,* 1856, 2 vol. in-12, demi-rel. chagr. vert avec coins, tête dor. ébarbé.

91. Dictionnaire comique, satyrique, critique, burlesque, libre et proverbial, par P.-J. Leroux. *Pampelune,* 1796, 2 vol. in-8, demi-rel. chagr. bleu, dos orné, tête dor. ébarbé.

92. Lucien Rigaud. Dictionnaire du jargon parisien. — L'argot ancien et l'argot moderne. *Paris, Paul Ollendorff,* 1878, in-16, texte à 2 col. demi-rel. mar. bleu avec coins, tête dor. ébarbé.

93. Oraison funèbre du Grand Condé, par J.-B. Bossuet, évêque de Meaux. *Paris, D. Morgand et Ch. Fatout,* 1879, gr. in-4, portrait, figures hors texte, br.

Réimpression de l'Oraison du Grand Condé, faite par les soins de M. Emm. Bocher, qui l'a dédiée à Mgr le Duc d'Aumale.

Neuf compositions de M. Lechevallier-Chevignard, gravées par M. A. Didier.

II. — POÉSIE

94. Homère. L'Iliade et l'Odyssée. *Londini, G. Pickering,* 1831, 2 vol. in-64, portr. mar. orange jans. dent. int. tr. dor. (*Pouillet.*)

Texte grec.

95. Oppiani Poemata de Venatione et Piscatione cum interpretatione latina et scholiis. Cynegetica edidit Jac. Nic. Belin de Ballu. *Argentorati,* 1786, in-4, demi-rel. mar. r. dos orné, tête dor. ébarbé.

96. Anacréon, Sapho, Bion et Moschus, traduction nouvelle en prose, suivie de la Veillée des fêtes de Vénus et d'un choix des pièces de différents auteurs, par M. M*** C*** (Moutonnet-Clairfons). *A Paphos, et se trouve à Paris, chez J. Fr. Bastien,* 1780, in-8, figures, vignettes et culs-de-lampe d'Eisen, v. éc. tr. marbr.

97. Erotopœgnion sive Priapeia veterum et recentiorum

(ed. Fr. Jos. Noël). Veneri jocosæ sacrum. *Lutetiæ Parisiorum,* 1798, pet. in-8, front. chagr. br. tête dor. ébarbé.

98. Publii Virgilii Maronis Carmina omnia perpetuo commentario ad modum Joannis Bond explicuit Fr. Dubner. *Parisiis, F. Didot,* 1858, in-12, texte encadré de fil. r. titre gr. et vignettes photog. v. f. fil. tr. r.

99. Quintus Horatius Flaccus. *Londini, Gulielmus Pickering,* 1824, in-64, frontispice gr. cart. n. rog.

100. Quintus Horatius Flaccus. *Londini, G. Pickering,* 1823, in-64, mar. rouge jans. dent. int. tr. dor.

Jolie édition en très petits caractères.

101. La Prise d'Estampes, poème latin inédit de Pierre Baron, maire de la ville en 1652, traduit en français, avec le texte en regard et des notes, et précédé d'une notice biographique sur l'auteur, par Paul Pinson. *Paris, L. Willem,* 1869, in-12, de 43 pp. demi-rel. mar. jans. avec coins, tête dor. éb.

Exemplaire sur PAPIER DE CHINE NANKIN.

102. Macaronéana. ou Mélanges de littératur emacaronique des différents peuples de l'Europe, par M. Oct. Delepierre. Publié aux frais de G. Gancia, libraire à Brighton. *Paris,* 1852, in-8, demi-rel. mar. rouge, dos orné, tête dor. ébarbé.

103. Macaronéana andra, overum. Nouveaux mélanges de littérature macaronique, par Octave Delepierre. *Londres, M. Trübner,* 1862, in-8, demi-rel. mar. olive, tête dor. éb. (*Reliure anglaise.*)

104. Quelques mots relatifs à la littérature macaronique à propos d'une satire inédite, par M. Brunet. *Bordeaux, Charles Lefebvre,* 1879, in-8, de 24 pp. papier de Hollande, demi-rel. v. f.

105. Antonius de Arena Provençalis de Bragardissima villa de Soleriis ad suos compagnones, qui sunt de persona friantes, bassas dansas et branlos, practicantes, nouvellos perquam plurimos mandat. *Londini,* 1758, in-12, v. marbr. fil. tr. marb.

106. Recueil de pièces rares et facétieuses, anciennes et modernes, en vers et en prose. *Paris, A. Barraud,* 1872-1873, 4 vol. in-8, papier vergé de Hollande, figures et vignettes gravées, demi-rel. mar. bleu avec coins, dos orné, fil. tête dor. éb.

107. Le Livre des ballades. Soixante ballades choisies. *Paris, Alphonse Lemerre,* 1876, in-8, papier de Hollande, fil. br.

108. Aucassin et Nicolette, roman de chevalerie provençal-picard, publié avec introduction et traduction, par Alfred Delvau. *Paris, Bachelin-Deflorenne,* 1866, in-8, caractères gothiques, br.

109. Aucassin et Nicolette, chante-fable du douzième siècle, traduite par A. Bida. Révision du texte original et préface, par Gaston Paris. *Paris, Hachette,* 1878, gr. in-8, papier vélin fort, eaux-fortes, demi-rel. mar. rouge avec coins, dos orné, fil. tête dor. éb.

110. Le Rommant de la Rose, imprimé à Paris. *Paris, Delarue,* 1878, gr. in-4, figures papier vergé, br.

Reproduction fac-similé de l'édition Jehan Dupré (xve siècle).

110 *bis.* — Même ouvrage; même édition; même condition.

Un des 20 exemplaires sur PAPIER DE HOLLANDE.

111. L'Advocacie Notre-Dame, ou la Vierge Marie plaidant contre le Diable; poème du XIVe siècle, en langue franco-normande, extrait d'un manuscrit de la bibliothèque d'Évreux, par Alph. Chassant. *Paris, Aug. Aubry,* 1855, pet. in-8, de 72 pp. demi-rel. mar. bl. avec coins, dos orné à petits fers, fil. tête dor. ébarbé. (*Capé.*)

112. La Clef d'amour, poème publié d'après un manuscrit du XIVe siècle par Edwin Tross, avec une introduction et des remarques par M. H. Michelant. *Imprimé à Lyon, par Louis Perrin, pour la libr. Tross, à Paris,* 1866, pet. in-8, papier vergé de Hollande, filets rouges, br.

113. La Clef d'amour, poème publié d'après un manuscrit du XIVe siècle par Edwin Tross, avec une introduction et des remarques par M. H. Michelant. *Lyon, Tross,* 1866, in-8, papier de Hollande, filets rouges, br.

114. Chanson de Raoul, sire de Créquy. Monument de la

langue artésienne au XIVe siècle, publié d'après un manuscrit. *Douai, Wagrez,* 1836, gr. in-8, de 20 pp. demi-cart. percal.

Exemplaire sur PEAU DE VÉLIN.

115. Choix de Farces, soties et moralités des XVe et XVIe siècles, recueillies sur les manuscrits originaux et publiées par Émile Mabille. *Nice, J. Gay,* 1872-78, 2 vol. in-12, papier vélin, br.

Tiré à très petit nombre.

116. Le Chansonnier huguenot du XVIe siècle (publié par H. Bordier). *Paris, Tross,* 1870, 2 vol. in-12, br.

116 *bis.* — Même ouvrage, même édition, 2 vol. in-12, br.

Exemplaire sur papier vergé fort.

117. François Villon, sa vie et ses œuvres, par Antoine Campaux. *Paris, A. Durand,* 1859, in-8, demi-rel. mar. La Vall. jans. avec coins, tête dor. éb.

118. Poésies françoises de J.-G. Alione (d'Asti), composées de 1494 à 1520, publiées pour la première fois en France avec une notice biographique et bibliographique, par J.-C. Brunet. *Paris, Silvestre,* 1836, pet. in-8, br.

Un des dix exemplaires sur PAPIER DE HOLLANDE.

119. Le Triumphe de haulte et puissante dame V...., nouvelle édition complète avec une préface et un glossaire, par M. Anatole de Montaiglon et le fac-similé des bois du Triumphe, par M. Adam Pilinski. *Paris, L. Willem,* 1874, in-8, papier vergé, figures, demi-rel. mar. f. avec coins, fil. éb.

120. Cent cinq rondeaux d'amour publiés d'après un manuscrit du commencement du XVIe siècle, par Edwin Tross. *Paris, libr. Tross,* 1863, pet. in-8, papier de Hollande, fac-similé, filets rouges, demi-rel. chagr. vert, éb.

121. Le Banquet des Muses, ou Recueil de toutes les Satyres du sieur Auvray. *Rouen, David Ferrand,* 1623, pet. in-12, br.

Réimpression faite à très petit nombre à Bruxelles en 1865.

122. Moyse sauvé, idylle héroïque du sieur de Saint-Amant,

à la Serenissime Reyne de Pologne et de Suède. *Leyde, Jean Sambix (Jean et D. Elzevier),* 1654, in-12, front. gr. mar. orange, dos orné, fil. dent. int. tr. dor.

Première édition elzevirienne.
Hauteur : 125 millimètres.

123. Œuvres de Clément Marot de Cahors, vallet de chambre du Roy. *Lyon, N. Scheuring,* 1869-1870, 2 vol. in-8, papier vergé teinté, texte encadré de filets rouges, port. et titres gravés, demi-rel. mar. citr. avec coins, dos orné et mosaïqué de mar. rouge, fil. tête dor. éb.

124. Anthologie satyrique. Répertoire des meilleures poésies et chansons joyeuses, parues en français depuis Clément Marot jusqu'à nos jours, publié par et pour la Société des Bibliophiles cosmopolites. *Luxembourg,* 1876-78, 8 vol. in-12, frontispice au tome Ier, demi-rel. mar. vert avec coins, dos orné, fil. tête dor. ébarbé.

125. Le Second Enfer d'Estienne Dolet, natif d'Orléans. *Paris, Techner, s. d.,* in-8, papier vélin, cart. non rog.

Réimpression de l'édition de Lyon 1544, faite à très petit nombre.

126. Le Second Enfer d'Étienne Dolet, suivi de la traduction des deux dialogues platoniciens l'Axiochus et l'Hipparchus, notice bio-bibliographique, par un bibliophile (G. Brunet). *Paris et Bruxelles, C. Muquardt,* 1868, pet. in-8, papier vergé, demi-rel. mar. grenat, dos orné, fil. tête dor. éb.

127. Ferry Julyot. Les Élégies de la belle fille lamentant sa virginité perdue. Réimpression complète publiée d'après l'édition originale de 1557 avec notice et index. *Paris, L. Willem,* 1873, in-8, papier Hollande, demi-rel. mar. olive, dos orné, n. rogné.

128. Ferry Julyot. Les Élégies de la belle fille, lamentant sa virginité perdue, réimpression complète publiée d'après l'édition originale de 1557, avec notice, éclaircissements et index. *Paris, L. Willem,* 1873, in-8, demi-rel. mar. bleu avec coins, dos orné, fil. tête dor. éb.

129. Les Élégies de Jean Doublet, Dieppois, reproduites d'après l'édition, de 1559, avec la vie du poète par Guil-

laume Colletet, une préface et des notes par Prosper Blanchemain. *Rouen, Henry Boissel,* 1869, in-8, br.

Un des 50 exemplaires tirés sur grand papier de Hollande.

130. Odes, sonnets et autres poésies gentilles et facétieuses de Jacques Tahureau, réimprimés textuellement sur l'édition très rare de Poitiers, 1554, par Prosper Blanchemain. *Genève, J. Gay et fils,* 1869, pet. in-12, br.

Tiré à très petit nombre.

131. Les Amours d'Olivier de Magny réimpression textuelle de l'édition de Paris, 1553, faite, avec une préface, par les soins de M. P. Blanchemain. *Turin, J. Gay et fils,* 1870, in-8, demi-rel. mar. bleu avec coins, dos orné, fil. tête dor. éb.

Réimpression faite à petit nombre.

132. Les Gayetez d'Olivier de Magny, réimpression textuelle de l'édition de Paris 1554, précédée de la vie de l'auteur, par Guill. Colletet, par les soins de M. P. Blanchemain. *Turin, J. Gay et fils,* 1869, in-8, demi-rel. mar. jonq. avec coins, fil. tête dor. éb.

Tiré à très petit nombre.

133. A Ronsard, les poètes du XIXe siècle, vers suivis d'une étude sur P. de Ronsard, par P. Blanchemain. *Château de Longefond,* 1877, in-8, de 63 pp. demi-rel. v. f.

Ouvrage tiré à 50 exemplaires.
Extrait des Œuvres complètes de P. de Ronsard.
Édition de la Bibl. elzevirienne.

134. Les Œuvres poétiques de Pierre de Cornu, Dauphinois, précédées de sa vie, par Guillaume Colletet. *Turin, Gay,* 1870, pet. in-12, br.

Avec une préface et des notes par un membre de la Société des Bibliophiles gaulois (M. Pr. Blanchemain).

135. Œuvres de Mathurin Regnier, texte original avec notice, variantes et glossaire, par C. Courbet. *Paris, Alphonse Lemerre,* 1869, pet. in-12, portrait, br.

Exemplaire sur PAPIER WHATMAN.

136. Essais sur les Satires de Mathurin Regnier, 1573-1613, par James de Rothschild. *Paris, Auguste Aubry,* 1836, in-8 de 32 pp. papier de Hollande, demi-rel. v. f.

137. Poësies gasconnes, recueillies et publiées par F. T.; nouvelle édition, revue sur les manuscrits les plus authentiques et les plus anciennes impressions, XVIIe siècle, J.-G. d'Astros. *Paris, Tross,* 1867-1869, 2 vol. pet. in-8, papier de Hollande, br.

138. La Macette du sieur de l'Espine, poëme satirique, publié d'après le Nouveau Recueil des plus beaux vers de ce temps (Paris, 1608). *Paris, Alph. Lemerre,* 1875, pet. in-8, mar. vert, dos orné, fil. dent. int. tr. dor. (*Marmin.*)

139. Œuvres complètes de Malherbe, recueillies et annotées par M. L. Lalanne. *Paris, Hachette,* 1862-1879, 5 vol. et album, in-8, br.

De la Collection des *Grands Écrivains de la France.*

140. Las Obros de Pierre Goudelin, augmentados noubelomen de forço pessos, ambi le Dictiounari sur la Lengo Moundino. *Toulouso, J. A. H. M. B. Pijon,* 1774, in-8, frontipice gravé, portrait, demi-rel. mar. rose avec coins, dos orné, tr. peigne.

141. Fables choisies, mises en vers, par J. de La Fontaine. *A Bouillon, aux dépens de la Société typographique,* 1776, 4 vol. in-8, figures, demi-rel. chagr. rouge, dos orné, fil. tête dor. éb.

Figures copiées ou imitées d'Oudry.

142. Contes et Nouvelles en vers, de La Fontaine. *Amsterdam,* 1776, 2 vol. pet. in-8, front. et vignettes à mi-pages, mar. r. tr. dor. (*Reliure ancienne.*)

143. Contes et Nouvelles de La Fontaine; nouvelle édition, revue et corrigée par P. L. Jacob (Paul Lacroix). *Paris, A. Delahays, s. d.,* 1 tome en 2 vol. in-12, portrait, demi-rel. chagr. rouge, tête dor. éb.

144. Contes et Nouvelles en vers, par J. de La Fontaine; édition collationnée sur les textes originaux. *Paris, Delarue, s. d.,* 2 vol. in-12, demi-rel. mar. olive avec coins, dos orné, fil. tête dor. éb.

Exemplaire sur PAPIER DE HOLLANDE avec une suite de vignettes ajoutées gravées d'après Duplessis-Bertaux. *Épreuves sur chine.*

145. Contes et Nouvelles en vers, par J. de La Fontaine;

édition collationnée sur les textes originaux. *Paris, Delarue,* 2 vol. in-12, en feuilles dans 2 cartons.

Exemplaires sur PAPIER DE CHINE.

146. Bibliothèque gauloise. *Paris, Delahays,* 1876, 4 vol. in-12 carré, pap. vélin, br.

Les Cent Nouvelles nouvelles. — Contes et nouvelles de La Fontaine. — L'Heptaméron des Nouvelles de Marguerite d'Angoulême. — Les Œuvres de Piron.

147. Contes et Nouvelles en vers, par J. de La Fontaine, de Voltaire, Vergier, Senecé, Perrault, Moncrif, du P. Ducerceau, Grécourt, Piron, Dorat, etc..... *Rouen, J. Lemonnyer,* 1878-1879, 4 vol. in-12, portraits et vignettes gravées d'après Duplessis-Bertaux, vélin blanc, fil. r. sur les plats, titres calligr. sur les dos, tête r. éb.

148. Collection complète des Conteurs, illustrés par Duplessis-Bertaux. *Rouen, J. Lemonnier,* 1878-1880, ens. 8 vol. in-8, figures, demi-rel. mar. r. avec coins, dos orné, fil. tête dor. éb.

Contes de La Fontaine, 2 vol. — Recueil des meilleurs contes en vers, 2 vol. — Le Fond du sac, 2 vol. — La Pucelle d'Orléans, 2 vol. Tirage d'amateurs sur papier vergé de Hollande.

149. Contes et nouvelles en vers par Voltaire, Vergier, Senecé, Perrault, Moncrif, le P. Ducerceau, etc. *Paris, Leclère fils,* 1862, 2 tomes en 1 vol. in-12, portr. en médaillon sur les titres et vignettes, gravées d'après Duplessis-Bertaux, mar. r. dos orné, dent. int. fil. tr. dor. (*R. Petit.*)

Tiré à petit nombre et recherché.

150. Églogues poitevines, sur différentes matières de controverses, pour l'utilité du vulgaire du Poitou, par feu messire Jean Babu. *Nyort, Jean Elies,* 1701, in-12, mar. vert, fil. tr. dor. (*Simier, relieur du Roi.*)

151. Pièces libres de M. Ferrand et poésies de quelques auteurs sur divers sujets. *Londres,* 1760, pet. in-8, demi-rel. mar. bleu avec coins, dos orné, fil. tête dor. ébarbé.

152. La Henriade (par Voltaire), nouvelle édition. *A Paris, chez la veuve Duchesne, s. d.* (1770), 2 vol. pet. in-8, frontispice, titre, figures et vignettes d'Eisen, v. éc. fil. tr. marbr.

153. La Pucelle d'Orléans, poème en vingt-un chants (par Voltaire). *Genève (Cazin)*, 1777, in-12, portr. en médaillon avec un bas-relief représentant le bûcher, cart. perc. grenat, non rog.

154. L'Art d'aimer et poésies diverses de M. Bernard. *S. l. n. d.*, in-8, tiré sur papier de Hollande, figures par Eisen et Martini, v. éc. dent. tr. dor.

155. Les Petites Maisons du Parnasse, ouvrage comico-littéraire d'un genre nouveau, en vers et en prose, par le Cousin Jacques (Beffroy de Regny). *Bouillon, imprimerie de la Société typographique*, 1783-1784, gr. in-8, demi-rel. mar. rouge, tête dor. éb.

156. Les Noëls bourguignons de Bernard de La Monnoye, publiés pour la première fois avec une traduction littérale en regard du texte patois par F. Fertiault. Ouvrage illustré de 24 dessins de J. Bertrand. *Paris, C. Vanier*, 1858, in-12, portrait et figures, demi-rel. chagr. r. dos orné, fil. tête dor. éb.

157. Vadé. La Pipe cassée, poème, nouvelle édition enrichie de vignettes en taille-douce. *Rouen, J. Lemonnyer*, 1879, pet. in-8, vignettes gravées, demi-rel. mar. rouge, dos orné, tête dor. éb.

Un des 50 exemplaires sur PAPIER WHATMAN.

158. Les Sens (par Du Rosoi), poëme en six chants. *Londres (Paris)*, 1766, gr. in-8, figures et vignettes par Ville et Eisen.

159. La Grange-Chancel. Les Philippiques, odes; édition définitive, collationnée sur un manuscrit de l'époque, avec remarques inédites par Léon de Labessade. *Paris, Adolphe Mouveau et G. Lévesque*, 1875, in-8, demi-cart. perc. grise, ébarbé.

160. Les Baisers, précédés du Mois de Mai (par Dorat). *La Haye, et se trouve à Paris, chez Delalain*, 1770, pet. in-8, front. et figures, vignettes et culs-de-lampe, veau viol. dos orné, fil. tr. dor.

161. Les Baisers, précédés du Mois de Mai (par Dorat), suivis des Imitations de plusieurs poëtes latins. *A La Haye*

et Paris, Delalain, 1770, pet. in-8, vignettes et culs-de-lampe d'Eisen, v. éc. fil. tr. dor.

162. Éloge du sein des femmes, par Mercier de Compiègne; quatrième édition, revue, annoté et considérablement augmentée. *Paris, A. Barraud*, 1873, in-8, papier vergé, vignettes gravées, demi-rel. mar. grenat jans. avec coins, tête dor. éb.

163. Une Parodie curieuse de l'Art poëtique de Boileau (l'Art de p...., poëme), tirée d'un almanach de poche du XVIIIe siècle, réimprimée pour les Pantagruélistes, avec avant-propos par Le Corvaisier junior. *Rouen, J. Lemonnyer*, 1879, pet. in-8 de 15 pp. papier vélin teinté, demi-rel. chagr. vert, dos orné, tête dor. éb.

164. La Messe de Gnide, ouvrage posthume de C. Nobody; nouvelle édition augmentée. *Genève*, 1797, in-18 de 92 pp. demi-rel. chag. grenat.

Parodie spirituellement écrite du saint sacrifice de la messe.

L'auteur, Griffet de La Beaume, s'est caché sous le pseudonyme Nobody, qui, en anglais, signifie personne.

Rare.

165. Les Maçons de Cythère, poème par Jean-Louis Brad, L.·. P.·. P.·. C.·. G.·. *Paris, Caillot*, 1813, in-12, front. gr. demi-rel. mar. vert jans. avec coins, tête dor. éb.

166. Œuvres d'Évariste Parny. *Paris, Debray*, 1808, 5 vol. in-12, demi-rel. chag. brun, tr. marb.

167. Épître à Thouvenin, par Lesné, auteur du poëme de *la Reliure*. *Paris, Firmin-Didot*, 1823, in-8 de 20 pp. papier vélin, cart. n. rog.

168. La Reliure, poëme didactique en six chants, par Lesné, relieur à Paris; seconde édition. *Paris, chez l'auteur*, 1827, gr. in-8, demi-rel. mar. bleu clair, tête dor.

Exemplaire sur GRAND RAISIN VÉLIN.

169. Némésis, par Barthélemy; quatrième édition, ornée de 15 gravures d'après les dessins de Raffet. *Paris, Perrotin*, 1835, 2 vol. in-8, figures de Raffet, demi-rel. mar. r. avec coins, tête dor. éb.

Exemplaire de PREMIER TIRAGE. Quelques taches d'humidité.

170. Les Contes en vers et en prose de feu l'abbé de Colibri

(par Cailhava), ou le Soupé, conte composé de mille et un contes. *Paris, Didot jeune, an VI* (1799), in-12, demi-rel. mar. r. tête dor. éb.

Réimpression du Soupé; elle est augmentée de plusieurs chapitres et de plusieurs contes.

171. Les Contes de l'abbé de Colibri; nouvelle édition, avec préface par un homme de lettres fort connu. *Paris, Théophile Belin,* 1881, in-8, front. gr. pap. de Holl. br.

172. Le Fond du sac, recueil de Contes en vers (par Nogaret). *Rouen, J. Lemonnyer,* 1879, in-12, frontispice et jolies vignettes gravées d'après Duplessis-Bertaux, vél. bl. fil. r. titre calligr. sur le dos, éb.

173. Le Dernier Chant du Pèlerinage de Child Harold, par Alph. de Lamartine. *Paris, Dondey-Dupré père et fils et Ponthieu,* 1825, in-8, demi-rel. mar. gren. avec coins, dos orné, fil. tête dor. éb.

ÉDITION ORIGINALE.
Exemplaire avec la couverture imprimée.

174. Comte de Chevigné. Les Contes rémois. *Épernay, Bonnedame,* 1875, in-24, portr. mar. r. dos orné, fil. dent. int. tr. dor. (*Pouillet.*)

Jolie édition en petits caractères et sur beau papier vergé de Hollande.

175. Marie, poëme (par Brizeux). *Paris, Paulin et Eug. Renduel,* 1836, gr. in-8, demi-cart. perc.

Seconde édition originale. La première a été publiée en 1831 de format in-18.
PREMIÈRE ÉDITION in-8.
Le faux titre de cet exemplaire porte un envoi de l'auteur signé au crayon, adressé à Mme Barbier.

176. Odes funambulesques (par Théodore de Banville), avec un frontispice gravé à l'eau-forte par Bracquemond, d'après un dessin de Ch. Voillemot. *Alençon, Poulet-Malassis et de Broise,* 1857, pet. in-8, demi-cart. percal.

ÉDITION ORIGINALE, rare.

177. Victor Hugo. Œuvres poétiques, édition elzevirienne, ornements par E. Froment. *Paris, J. Hetzel,* 1869-1870, 6 vol. in-12, demi-rel. mar. grenat, avec coins, dos orné, fil. tête dor. ébarbé.

178. Victor Hugo. Les Orientales, édition elzevirienne, ornements par E. Froment. *Paris, Hetzel,* 1869, in-12, papier de Hollande, front. mar. grenat, dos orné, fil. tête dor. éb.

179. Châtiments, par Victor Hugo. *Genève, s. d.,* in-24, demi-rel. chag. vert, tête dor. ébarbé.

180. La Muse pariétaire et la Muse foraine, ou les Chansons des rues depuis quinze ans, par C. N. (Ch. Nisard). *Paris, Jules Gay,* 1868, in-8, papier vélin, demi-rel. chag. vert.

Exemplaire avec l'appendice.

181. Donaniel, poème par Léon Grandet, avec une eau-forte de Léopold Flameng. *Paris, Achille Faure,* 1866, in-12, papier de Hollande, front. gravé à l'eau-forte par L. Flameng, demi-rel. mar. r. avec coins, fil. à fr. tête dor. éb.

182. Chansons de Gustave Nadaud. — Chansons de salon. — Chansons populaires. — Chansons légères. — Opérettes. — Chansons nouvelles et Chansons inédites. *Paris, Plon,* 1867-1876, 6 vol. in-12, demi-rel. veau rose, dos orné, ébarbé.

183. Les Épaves, de Ch. Beaudelaire, avec une eau-forte, frontispice de Félicien Rops. *Amsterdam, à l'enseigne du Coq,* 1660, pet. in-8, papier vergé, eau-forte, demi-rel. mar. citron avec coins, fil. tête dor. ébarbé.

184. François Coppée. Bleuette, conte en vers; illustrations de Henri Pille, gravées par A. Prunaire. *Paris, Alphonse Lemerre,* 1880, in-4, 16 pp. papier vélin, titre imprimé en bleu, texte gravé avec encadrement de figures en couleur, cart.

185. Jean Richepin. La Chanson des gueux. *Paris, Dreyfous,* 1881, in-12, papier vélin teinté, portr. gravé à l'eau-forte, demi-rel. mar. bl. jans. avec coins, tête dor. ébarbé.

Exemplaire avec le Supplément contenant les pièces supprimées.

186. Trois dizains de Contes gaulois; illustrations de Le Natur. *Paris, Rouveyre,* 1882, in-12, front. gr. fig. br.

Exemplaire sur PAPIER DU JAPON. Couverture imprimée et en chromolith.

187. Le Rime del Petrarca. *Londra, G. Pickering,* 1822, in-64, mar. grenat, comp. dor. tr. dor.

Jolie édition en très petits caractères.

188. Il Libro del Perchè, la Pastorella del Marino, la Novella dell' Angelo Gabriello, coll' aggiunta della Membrianeide ed altre cose piacevoli. *Nullibi et Ubique, nel* XVIII° *seculo,* in-12, v. f. fil. (*Lardière.*)

III. — THÉATRE

189. Les Trouvères brabançons, hainuyers, liégeois et namurois, par M. Arth. Dinaux. *Paris et Bruxelles,* 1863, in-8, demi-rel. mar. grenat avec coins, dos orné, fil. tête dor. éb.

190. Almanach des Spectacles, contenant l'ancien almanach des Spectacles publié de 1752 à 1815. *Paris, Jouaust,* 1874, 1875, 1876, 1877, 4 vol. in-16, papier de Hollande, portraits gravés à l'eau-forte par Gaucherel, br.

191. Les Souvenirs et les regrets du vieil amateur dramatique, ou Lettres d'un oncle à son neveu sur l'ancien Théâtre français... (par Ant.-Vincent Arnault, de l'Académie française). Ouvrage orné de gravures coloriées représentant en pied les différents acteurs dans les rôles où ils ont excellé. *Paris, Alph. Leclère,* 1861, in-8, papier vergé, figures en couleur, demi-rel. mar. orange avec coins, dos orné, fil. tête dor. éb. (*Allô.*)

192. Alphonse Royer. Histoire de l'opéra, avec douze eaux-fortes. *Paris, Bachelin-Deflorenne,* 1875, in-8, papier vél. eaux-fortes, br.

193. Les Actrices de Paris. Portraits de E. de Liphart, texte par MM. Émile Bergerat, Daniel Bernard, Émile Blémont, Jules Claretie, Pierre Elzéar, Maurice Guillemot, Guy de Maupassant, Ernest d'Hervilly, Louis Leroy, Francisque Sarcey, Saint-Juirs, Victor Wilder, frontispices et culs-de-lampe. *Paris, H. Launette et G. Decaux,*

1882, gr. in-8, papier vélin, portraits gravés à l'eau-forte, demi-rel. chagr. gr. dos orné, tête dor. ébarbé.

194. Feu Séraphin. Histoire de ce spectacle depuis son origine jusqu'à sa disparition, 1776-1870. *Lyon, N. Scheuring,* 1875, in-8, papier vélin teinté, portrait, vignettes gravées, br.

195. Feu Séraphin. Histoire de ce spectacle depuis son origine jusqu'à sa disparition, 1776-1870. *Lyon, N. Scheuring,* 1875, in-8, papier vélin teinté, portrait et vignettes gravés à l'eau-forte par Fr. Hillemacher, br.

196. Théâtre des marionnettes du jardin des Tuileries; texte et compositions des dessins, par M. Duranti. *Paris, Dubuisson, s. d.,* gr. in-8, fig. coloriées, br.

197. Ballets et mascarades de cour, de Henri III à Louis XIV (1581-1652), recueillis et publiés d'après les éditions originales, par M. Paul Lacroix. *Genève et Turin, J. Gay,* 1868-70, 6 vol. in-12, papier de Hollande, br.

198. Œuvres de P. Corneille, nouvelle édition revue sur les plus anciennes impressions et les autographes et augmentée de morceaux inédits, de variantes, de notices, de notes, d'un lexique des mots et locutions remarquables, d'un portrait, d'un fac-similé, etc., par M. Ch. Marty-Laveaux. *Paris, L. Hachette,* 1862, 12 vol. et album in-8, br.

De la Collection des *Grands Écrivains de la France.*

199. Œuvres complètes de Molière ornées de 30 vignettes dessinées par Devéria et gravées par Thompson. *Paris, Urbain Canel,* 1826, in-8, portrait et vignettes, veau olive, comp. à froid sur les plats, tr. marb. (*Duplanil.*)

Édition compacte, texte à 2 col.

200. Les Œuvres de J.-B. Molière, accompagnées d'une vie de Molière, de variantes, d'un commentaire et d'un glossaire, par Anatole France. *Paris, Alphonse Lemerre,* 1876-1877, 2 vol. in-8 (tomes I et II), portrait, br.

De la Collection Lemerre. Exemplaire sur PAPIER DE HOLLANDE.

201. Les Œuvres de Racine, nouvelle édition revue sur les plus anciennes impressions et les autographes et augmen-

tée de morceaux inédits, des variantes, de notices, de notes, d'un lexique des mots et locutions remarquables, d'un portrait, de fac-similés, par M. Paul Mesnard. *Paris, L. Hachette,* 1865-73, 8 vol. et 2 albums in-8, br.

De la Collection des *Grands Écrivains de la France.*

202. Œuvres de Piron précédées d'une notice d'après des documents nouveaux, par Édouard Fournier. *Paris, A. Delahays, s. d.,* in-12, papier vélin fort, br.

203. Angèle, drame en cinq actes, par Alex. Dumas. *Paris, Charpentier,* 1834, in-8, demi-rel. mar. bleu avec coins, dos orné, fil. tête dor. éb.

Première édition.
Exemplaire avec sa couverture imprimée, et un très beau frontispice de Célestin Nanteuil.

---

204. Masques et bouffons (comédie italienne), texte et dessins par Maurice Sand, gravures par A. Manceau, préface par George Sand. *Paris, A. Lévy fils,* 1857, 2 vol. gr. in-8, papier vélin, figures en couleurs, demi-rel. chagr. br. tr. dor.

205. La Cintia Comedia, dell' illustre sig. Gio.-Battista dalla Porta, Napolitano. *In Venetia,* 1628, in-12, mar. r. tr. dor.

206. Gœthe. Faust, traduction de J. Porchat, revue par B. Lévy. *Paris, Hachette,* 1878, gr. in-folio, papier vélin, filets rouges, gravures hors texte, cart. percal. rouge, fers spéciaux sur le dos et les plats, tête dor. éb.

IV. — ROMANS ET CONTES

207. Longus. Daphnis et Chloé, traduction d'Amyot; compositions d'Émile Lévy, gravées à l'eau-forte par Flameng; dessins de Giacomelli, gravés sur bois par Rouget et Sargent. *Paris, Librairie des Bibliophiles,* 1872, in-12, papier vélin, filets rouges, demi-rel. mar. bleu avec coins, dos orné, fil. tête dor. éb.

208. Longus. Daphnis et Chloé, traduction d'Amyot; compositions d'Émile Lévy, gravées à l'eau-forte par Flameng; dessins de Giacomelli, gravés sur bois par Rouget et Sargent. *Paris, Librairie des Bibliophiles*, 1872, in-12, papier vélin, vign. texte encadré de filets rouges, demi-rel. mar. bleu avec coins, dos orné, fil. tête dor. éb.

209. Histoire et plaisante chronique du petit Jehan de Saintré et de la dame des Belles-Cousines, par le comte de Tressan. *Paris, Lequien fils*, 1830, in-16, fig. demi-rel. mar. r. avec coins, dos orné, tête dor. éb.

210. Les Cent Nouvelles nouvelles, dites les Cent Nouvelles du roi Louis XI; nouvelle édition publiée d'après le texte des manuscrits avec des notes et une notice, par P. L. Jacob (Paul Lacroix). *Paris, Adolphe Delahays*, 1876, in-12, broché.

De la Collection de la Bibl. gauloise.
Un des 100 exemplaires tirés sur papier vergé de Hollande.

211. Le Parangon des nouvelles honnestes et delectables, à tous ceux qui désirent veoir et ouyr choses nouvelles et recreatives soubz umbre et couleur de joyeuseté.... réimprimé d'après l'édition de 1531 et précédé d'une introduction, par Émile Mabille. *Paris, Jules Gay*, 1865, in-12, papier de Hollande, br.

Tiré à petit nombre.

212. Le Grand Parangon des Nouvelles nouvelles, recueillies par Nicolas de Troyes, publié pour la première fois et précédé d'une introduction, par Émile Mabille. *Bruxelles, J. Gay*, 1866, in-12, papier vergé de Hollande, br.

Tiré à petit nombre.

213. Le Grand Parangon des Nouvelles nouvelles, par Nicolas de Troyes, publié pour la première fois et précédé d'une introduction, par Émile Mabille. *Bruxelles, Jules Gay*, 1866, in-12, demi-rel. mar. bleu avec coins, dos orné, fil. tête dor. éb.

Tiré à petit nombre.

214. Les Songes drolatiques de Pantagruel; reproduction fac-similé du texte et des 120 planches de l'édition originale (*Paris, R. Breton*), augmentée d'un portrait authen-

tique de Rabelais et d'une notice bibliographique, par M. Paul Lacroix. *Genève, J. Gay et fils,* 1868, gr. in-8, papier de Hollande, portrait et fig. br.

215. Les Neuf Matinées du seigneur de Cholières. — Les Après-Disnées du seigneur de Cholières. *Paris, Jean Richer,* 1585-1587, 2 vol. pet. in-12, br.

Réimpressions faites à petit nombre, à Bruxelles, en 1863.

216. Contes et discours d'Eutrapel de Noël Du Fail, réimprimés par les soins de D. Jouaust, avec une notice, des notes et un glossaire, par C. Hippeau. *Paris, Librairie des Bibliophiles* (*Jouaust*), 1875, 2 vol. in-8, papier vergé, br.

217. Les Serées de Guillaume Bouchet, sieur de Brocourt, avec notice et index, par C.-E. Roybet. *Paris, Alphonse Lemerre,* 1873-1874, 3 vol. pet. in-12, tomes 1, 2 et 3, demi-rel. mar. bleu avec coins, dos orné, fil. tête dor. ébarbé.

218. La France galante, ou Histoires amoureuses de la cour sous le règne de Louis XIV (par de Bussy-Rabutin). *Cologne, Pierre Marteau, s. d.,* 2 vol. pet. in-12, front. et figures gravées, mar. r. dos orné, fil. tr. dor.

Hauteur : 129 millimètres.

219. Les Lauriers ecclésiastiques, ou Campagnes de l'abbé T*** (par Ch.-J.-L.-A. Rochette de Lamorlière). *A Luxuropolis, de l'imprimerie du clergé,* 1774, in-12, mar. viol. fil. tr. dor.

D'après une note de M. le marquis de Paulmy, n° 6138 de sa bibliothèque, l'abbé de T*** serait l'abbé Terray, alors connu pour ses fredaines de jeunesse et favori de Mme de Pompadour.

220. Le Temple de Gnide (par Montesquieu), nouvelle édition avec figures gravées par M. Lemire, d'après les dessins de Ch. Eisen, le texte gravé par Drouët. *A Paris, chez Le Mire,* 1772, gr. in-8, frontispice, titre et figures et texte gravés, mar. rouge, dos orné, fil. dent int. tr. dor.

221. Le Temple de Gnide, par Montesquieu. *A Paris, de l'imprimerie de Didot jeune, l'an troisième,* gr. in-8, papier vélin, figures d'Eisen, v. rac. dent. tr. dor.

Les mêmes figures que celles de l'édition de 1772, plus 2 figures de Lebarbier, pour *Arsace et Isménie*, qui dans cette édition suit le *Temple de Gnide*.

222. Montesquieu. Le Temple de Gnide, suivi d'Arsace et Isménie ; nouvelle édition avec figures d'Eisen et de Lebarbier, gravées par Lemire ; préface par O. Uzanne. *Rouen, J. Lemonnyer*, 1881, gr. in-8, papier de Hollande et figures demi-rel. mar. r. avec coins fil. dos orné, tête dor. ébarbé.

223. La Belle sans chemise. *Londres*, 1797, 156 pp. figure. — La Sorcière de Verberie, nouvelle française, suivie d'historiettes intéressantes, par C.-M.-D.-C. (Mercier de Compiègne). *Paris, chez les marchands de nouveautés, an VII* (1799), 129 pp. fig. — Ens. 2 ouvrages réunis en un vol. in-24, mar. citr. dos orné, dent. int. tr dor. (*Cuzin*.)

224. Voltaire. Candide, ou l'Optimisme, édition originale suivie d'une lettre de M. Démad et de notes et variantes. *Paris, Jouaust*, 1869, in-8, portrait br.

225. Histoire de Manon Lescaut et du chevalier des Grieux, précédée d'une étude par Arsène Houssaye, six eaux-fortes par Hédouin. *Paris, Librairie des Bibliophiles*, 1874, 2 parties en 2 vol. in-8, portrait et figures, demi-rel. mar. gren. dos orné, fil. tête dor. éb.

226. Histoire de Manon Lescaut et du chevalier des Grieux, par l'abbé Prévost ; nouvelle édition précédée d'une notice historique sur l'abbé Prévost, par Jules Janin ; illustrations de Tony Johannot. *Paris, Garnier*, 1877, in-8, br.

Exemplaire sur PAPIER DE CHINE.

227. Gresset. Vert-Vert, suivi de la Chartreuse, l'Abbaye et autres pièces. *Paris, Laurent et Deberny*, 1855, in-124, mar. r. comp. dor. sur les plats, doublé de mar. vert avec larges dent. gardes en moire cerise, tr. dor.

Jolie édition en caractères microscopiques.

228. Histoire de Gil Blas de Santillane, par Le Sage ; édition collationnée sur celle de 1747, corrigée par l'auteur, avec des notes historiques et littéraires. par M. le comte François de Neufchateau. *Paris, Lefèvre*, 1820, 3 vol. in-8,

fig. demi-rel. mar. vert avec coins, dos orné, fil. éb. (*Allô.*)

On a ajouté à cet exemplaire la suite des figures de Bornet, Charpentier et Duplessis-Bertaux.

229. Le Diable boiteux, par Le Sage. (Édition publiée par les soins de M. d'Heilly.) *Paris, D. Jouaust,* 1868, in-8 papier vergé, demi-rel. chagr. vert jans. avec coins, tête dor. éb.

230. Bernardin de Saint-Pierre. Paul et Virginie, précédé d'une préface par J. Janin. *Paris, D. Jouaust,* 1869, in-8, quatre eaux-fortes par V. Foulquier, demi-rel. mar. r. avec coins, tête dor. ébarbé.

231. Vivant Denon. Point de lendemain, conte en prose; réimpression textuelle sur l'édition originale de 1777, avec une jolie vignette en taille-douce. *Rouen, J. Lemonnyer,* 1879, in-8 de 34 pages, demi-rel. mar. rouge, dos orné, tête dor. éb.

Un des 50 exemplaires sur PAPIER WHATMANN.

232. Dissertation sur la question de savoir quel est l'auteur du Conte *Point de lendemain* (par E. Gallien). *S. l. n. d.,* in-8 de 48 pp. papier de Hollande, demi-cart. percaline.

Extrait.

233. Les Contes drolatiques, mis en lumière par le sieur de Balzac, huitiesme édition illustrée de 425 dessins par Gustave Doré. *Paris, Garnier fr., s. d.,* petit in-8, figures demi-rel. mar. r. avec coins, dos orné, fil. tête dor.

234. Histoire du roi de Bohême et de ses sept châteaux (par Ch. Nodier). *Bruxelles, Louis Hauman,* 1830, in-12, demi-rel. v. f. dos orné, fil. tête dor. ébarbé.

235. Contes normands, par Jean de Falaise (le marquis de Chennevières-Pointel), traduits librement par l'ami Job, 1838-1840. *Caen, de l'Imprimerie de A. Hardel,* 1842, in-16, figures, demi-rel. mar. r. avec coins, tête dor. éb.

236. Le Gâteau des rois, symphonie fantastique, par Jules Janin. *Paris, Amyot,* 1847, in-12, br.

PREMIÈRE ÉDITION.

237. Œuvres de Paul de Kock. *Paris, Degorce-Cadot, s. d.*, 28 vol. gr. in-12, figures à chaque vol. br.

Les Étuvistes, 2 vol. — Les Demoiselles de magasin, 2 vol. — Une Gaillarde, 2 vol. — Cerisette, 2 vol. — Une Femme à trois visages, 2 vol. — La Demoiselle du cinquième, 2 vol. — La Prairie aux coquelicots, 2 vol. — Carotin. — Madame Tapin. — Le Sentier aux prunes. — La Dame aux trois corsets. — La Jolie Fille du faubourg. — Une drôle de Maison. — L'Amoureux transi. — Ce Monsieur. — L'Ane à M. Martin. — M. Choublanc. — M. Cherami. — Une Grappe de groseilles. — La Fille aux trois jupons. — L'Homme aux trois culottes.

Tous ces volumes sont sur beau PAPIER DE HOLLANDE.

238. Scènes populaires dessinées à la plume, par Henri Monnier. *Paris, E. Dentu*, 1879, 2 vol. in-8, vignettes dans le texte, br.

239. Mademoiselle Cléopâtre, histoire parisienne, par Arsène Houssaye. *Paris, Michel Lévy fr.*, 1864, in-8, portrait, demi-rel. chagr. br. fil. tête dor. ébarbé.

240. Arsène Houssaye. Les Grandes Dames, édition illustrée de vingt gravures sur acier par Flameng, Laguillermie, Morin, Bertall et Masson, Cucinotta. *Paris, E. Dentu, s. d.*, gr. in-8, figures gravées, demi-rel. chagr. br. dos orné, fil. tête dor. ébarbé.

241. Notes sur Paris. Vie et opinions de M. Frédéric Thomas Graindorge, recueillies et publiées par H. Taine (2e édition). *Paris, Hachette*, 1867, in-8, demi-rel. mar. br. avec coins, tête dor. ébarbé.

242. Méry. Souvenirs d'un vieux Marseillais, par S. Berteaut. *Marseille, Cayer*, 1873, pet. in-8 de 97 pp. papier vélin, demi-rel. mar. La Val. tête dor. éb.

243. Les Va-nu-pieds, par Léon Cladel. *Paris, Alphonse Lemerre*, 1874, in-12, papier vélin teinté, demi-rel. chag. brun, tête dor. ébarbé.

244. Albéric Glady. Jouir. *Paris, Glady frères*, 1875, in-12, broché.

Exemplaire sur PAPIER DE HOLLANDE.

245. Marthe, histoire d'une fille, par J.-K. Huysmans. *Bruxelles, J. Gay*, 1876, pet. in-8, papier vergé, demi-rel. mar. orange avec coins, dos orné, fil. tête dor. éb.

246. Le Haschisch, contes en proses, sonnets et poëmes fantaisistes, illustrés de 30 eaux-fortes, texte et gravures par Antoine Monnier. *Paris, Léon Willem,* 1877, in-4, eaux-fortes, br.

Un des 30 exemplaires sur papier de Hollande.

247. Voyage de Paris à Saint-Cloud par mer et par terre, par L. Balthazar Neel (de Rouen), suivi du Retour, par Augustin Martin Lottin, avec introduction et 12 eaux-fortes par Jules Adeline. *Rouen, E. Augé,* 1878, in-8, papier vergé de Hollande, texte encadré et figures, exemplaire en feuilles dans un carton.

248. Voyage de Paris à Saint-Cloud par mer et par terre, introduction et 12 eaux-fortes par Jules Adeline. *Rouen, E. Augé,* 1878, in-4 en feuilles dans un cart.

Exemplaire en GRAND PAPIER, renfermant une série complète des épreuves oblitérées.

249. Eugène Chavette. Les Petites Comédies du vice. *Paris, Marpon et E. Flammarion,* 1879, in-12, gravures à l'eau-forte par E. Benassit, br.

Exemplaire sur PAPIER DE HOLLANDE.

250. Claude Tillier. Mon oncle Benjamin, nouvelle édition illustrée d'un portrait-frontispice et de 42 dessins de Sahib gravés sur bois par Prunaire, avec une préface par Monselet. *Paris, Conquet,* 1881, 2 vol. in-8, figures, br.

Un des 25 exemplaires sur PAPIER DE CHINE FORT de format in-8.

---

251. Nouvelles genevoises, par R. Töpffer, illustrées d'après les dessins de l'auteur, gravures par Best, Leloir, Hotelinet et Regnier. *Paris, Paulin, Le Chevalier,* 1849, gr. in-8, cart. perc. fers spéciaux, tr. dor.

2e édition illustrée.

252. L'Ingénieux hidalgo Don Quichotte de la Manche, par Miguel de Cervantès Saavedra, traduit et annoté par Louis Viardot; vignettes de Tony Johannot. *Paris, J.-J. Dubochet,* 1845, gr. in-8, figures dans le texte, demi-rel. mar. vert clair avec coins, tête dor. ébarbé.

253. Aventures de Robinson Crusoë, par Daniel de Foë,

traduction nouvelle, édition illustrée par Grandville. *Paris, N. Fournier,* 1840, in-8, figures, demi-rel. chagr. vert, plats toile, tr. dor.

Premier tirage

254. Goethe. Le Renard (Reinecke Fuchs), traduit par Édouard Grenier, illustré par Kaulbach. *Paris, J. Hetzel et Michel Lévy,* 1861, gr. in-8, papier vélin, gravures dans le texte, br.

V. — FACÉTIES

255. Poggii Florentini facetiarum libellus unicus, notulis imitatores indicantibus et nonnullis sive latinis, sive gallicis imitationibus illustratus, etc... *Londini,* 1798, 2 tomes en 1 vol. in-12, v. f. ant. fil.

Mouillures.

256. Les Facéties de Poge, traduction française de Guillaume Tardif, réimprimée pour la première fois sur les éditions gothiques, avec une préface et des tables de concordance par M. Anatole de Montaiglon. *Paris, Léon Willem,* 1878, in-8, br.

257. Quelques Contes de Pogge, traduits pour la première fois en français par Philomneste Junior (Gustave Brunet, de Bordeaux). *Genève, chez J. Gay et fils,* 1868, in-8 de 68 pp. demi-rel. mar. bl. avec coins, dos orné, fil. tête dor. éb.

Tiré à petit nombre.

258. Le Tracas de la foire du Pré, facétie normande attribuée à Gaultier Garguille, commentée par M. Épiphane Sidredoulx. *Turin, J. Gay et fils,* 1869, in-8 tiré pet. in-4 de 70 pp. demi-rel. mar. citr. avec coins, fil. tête dor. éb.

259. Discours sur la musique zéphyrienne adressé aux vénérables crépitophiles; opuscule facétieux d'Emmanuel Marti, doyen de l'église d'Alone, texte original accompagné de la première traduction et illustré d'historiettes

crépitantes, par un professeur de basson. *Paris, Léon Willem,* 1873, in-8, br.

Exemplaire sur papier Whatman.

260. Livre échappé au déluge, ou psaumes nouvellement découverts, composés dans la langue primitive par S. Ar-Lamech, de la famille patriarchale de Noë, translatés en français par P. Lahceran, parisipolitain. *A Sirap ou à Paris, P. Sylvain Maréchal,* 1784, in-12, chagr. vert, milieu orné, tête dor. ébarbé.

Ar-Lamech et Lahceram sont deux anagrammes du nom de l'auteur, Sylvain Maréchal.

261. Plaisantes Recherches d'un homme grave sur un farceur. Prologue tabarinique pour servir à l'histoire littéraire et bouffonne de Tabarin, par M. C. L. (C. Leber). *Paris, imprimerie de Crapelet,* 1835, in-12, demi-rel. v. bleu, éb.

Exemplaire sur papier jésus de Hollande, tiré à 35 exemplaires seulement.

262. Plaisantes recherches d'un homme grave sur un farceur, ou prologue tabarinique pour servir à l'histoire littéraire et bouffonne de Tabarin, par C. Leber. *Paris, J. Techener,* 1856, in-12 de 80 pp. papier vergé, vignette, demi-rel. mar. f. tête dor. éb.

263. Histoire littéraire des fous, par Octave Delepierre. *London, Trübner,* 1860, in-8, cart. perc. br.

264. Le Bastidon des Douze, ou la Société de Sans-façon, par M. Tamisier. *Marseille, Laveirarié,* 1878, in-8 de 93 pp. br.

Un des 50 exemplaires tirés sur papier de Hollande.

264 *bis.* — Le même ouvrage, même édition.

Un des 15 exemplaires tirés sur papier chamois.

265. Douze facéties reproduites en fac-similé avec une notice bibliographique. L'ordre des cocus réformés et la patente des cocus. *Bruxelles, Gay et Doucé,* 1882, gr. in-8, papier vergé, en feuilles.

266. Sermon pour la consolation des cocus, suivi de plusieurs autres, comme celui du curé de Colignac, prononcé

le jour des Rois; celui du R. P. Zorobabel, Capucin, prononcé le jour de la Magdelaine... *Amboise, Jean Coucou*, 1751, pet. in-8, mar. r. dos orné, fil. dent. int. tr. dor. (*C. Hardy.*)

267. La Guerre des Masles contre les Femelles représentant en trois dialogues les prérogatives et dignitez tant de l'un que de l'autre sexe, avec les mélanges poëtiques du sieur de Cholières. *Paris, Pierre Chevillot*, 1588, pet. in-12, demi-rel. mar. fauve, tête dor. ébarbé.

Réimpression faite à Bruxelles en 1864, sur papier de Hollande et à 100 exemplaires numérotés.

268. Alphabet de l'imperfection et malice des femmes, augmenté d'un friand dessert et de plusieurs histoires pour les courtisans et partisans de la femme mondaine, par Jacques Olivier. *Paris, Cl. Barraud*, 1876, in-8, figures grav. demi-cart. perc.

269. L'Amour à l'encan, ou la Tactique secrète de la galanterie dévoilée... par une nymphe retraitée. Seconde édition, revue par J.-B. Ambs. *Paris, Librairie française et étrangère*, 1829, in-12, fig. color. demi-rel. chag. grenat, fil. à fr. tête dor. ébarbé.

Ce petit volume, rare aujourd'hui, et dont une première édition avait paru en 1820, se compose de 21 chapitres ou croquis, assez amusants et originaux.

VI. — PHILOLOGIE. — ÉPISTOLAIRES. — POLYGRAPHES

270. Amusements philologiques, ou variétés en tous genres, par G. Peignot; seconde édition. *Dijon, Victor Lagier*, 1824, in-8, br.

271. Le Livre des singularités, par G. Peignot. *Dijon, Victor Lagier*, 1841, in-8, br.

272. M. Jules Janin, jugé par lui-même. — Pourvoi en cassation de M. Félix Pyat. *Paris, Leriche*, 1844, in-8 de 59 pp. demi-rel. v. f.

273. Critique du Juif-Errant. — Roqueplan embêté par Jules Janin. *S. l.*, 1852, pet. in-8 de 51 pp. demi-rel. v. f.

274. Un Rêve académique. Discours de réception à la porte de l'Académie française, par M. Jules Janin. *Paris, J. Tardieu,* 1865, in-12 de 25 pp. papier vélin, demi-rel. mar. grenat, tête dor. ébarbé.

275. Dissertation sur l'Alcibiade Fanciullo a Scola, traduite de l'italien de Giamb. Baseggio, et accompagnée de notes et d'une postface, par un bibliophile français. *Paris, J. Gay,* 1861, in-8 de 78 pp. demi-cart. perc.

276. La Beauté des femmes dans la littérature et dans l'art du XIIe au XVIe siècle, analyse du livre de A. Niphus du beau et de l'amour, par J. Houdoy. *Paris, A. Aubry,* 1876, gr. in-8, papier vergé fort, br.

277. Predicatoriana, ou Révélations singulières et amusantes sur les prédicateurs, par G. Peignot. *Dijon, Victor Lagier,* 1841, in-8, br.

278. Lettres de Madame de Sévigné, de sa famille et de ses amis, recueillies et annotées par M. Monmerqué. *Paris, L. Hachette,* 1866-65, 14 vol. et album-lettres inédites de Mme de Sévigné, publiées par Charles Capmas. *Paris, Hachette,* 1876, 2 vol. — Ens. 17 vol. in-8, br.

De la Collection des *Grands Écrivains de la France.*

279. Charles Baudelaire. Souvenirs. — Correspondances. — Bibliographie, suivie de pièces inédites. *Paris, René Pincebourde,* 1872, in-8, br.

Exemplaire en GRAND PAPIER.

---

280. Les Œuvres diverses du sieur de Balzac, augmentées en cette édition de plusieurs pièces nouvelles. *Leide, chés les Elseviers,* 1631, pet. in-12, mar. r. dos orné, fil. tr. dor.

281. Apologie pour Monsieur de Balzac (par F. Ogier). *Paris, chez Michel Bobin et Nicolas Le Gras,* 1663, 203 pp. — Apologie de Monsieur de Balzac et le Barbon dudit s^{r} de Balzac. *Paris, Michel Bobin,* 1663, 68 pp. — 2 ouvrages en un vol. in-12, mar. r. dos orné, fil. tr. dor. (*Allô.*)

282. Œuvres complètes de Théodore Agrippa d'Aubigné, publiées pour la première fois d'après les manuscrits originaux, accompagnées de notices biographique, littéraire

et bibliographique, de variantes, etc., par Eug. Réaume et F. de Caussade. *Paris, Alphonse Lemerre,* 1873-1877, 4 vol. in-8, br.

De la Collection Lemerre. Exemplaire sur PAPIER DE HOLLANDE.

283. Les Œuvres de Monsieur de Voiture, sixième édition. *Paris, Augustin Courbé,* 1660, in-12, portr. front. et frontispice gr. demi-rel. v. f.

284. Œuvres complètes de La Fontaine, ornées de trente vignettes dessinées par Devéria et gravées par Thompson. *Paris, A. Sautelet,* 1826, in-8, portrait, vignettes, veau olive, comp. à froid sur les plats, tr. marb. (*Duplanil.*)

Édition compacte, texte à 2 col.

285. Œuvres complètes de Diderot, revues sur les éditions originales avec notices, notes, tables analytiques et une étude sur Diderot, par J. Assezat. *Paris, Garnier frères,* 1875-1877, 22 vol. in-8, br.

286. Œuvres complètes d'Edgar Quinet. *Paris, Pagnerre,* 1857-1870, 11 vol. in-8, br.

287. Œuvres d'Alfred de Musset. *Paris, Alphonse Lemerre,* 1876, 10 vol. in-12, portr. front. et fig. gr. demi-rel. mar. vert avec coins, dos orné, fil. tête dor. ébarb.

Exemplaire sur papier vélin teinté, avec la suite des figures gravées à l'eau-forte d'après les dessins de M. Pille, par L. Monziès.

288. Paul Lacroix. XVIIe Siècle : Lettres, Sciences et Arts. France, 1590-1700. Ouvrage illustré de 17 chromolithographies et de 300 gravures sur bois (dont 16 tirées hors texte) d'après les monuments de l'art de l'époque. *Paris, Firmin-Didot,* 1882, gr. in-8, papier vélin, figures, br.

289. Conversations de l'Académie de Monsieur l'abbé Bourdelot, contenant diverses recherches, observations, etc... Le tout recueilli par le s^{r} Le Gallois. *Paris, Thomas Moette,* 1673, in-12, mar. r. dos orné, fil. tr. dor.

290. Bibliothèque de poche, par une Société de gens de lettres et d'érudits. *Paris, Paulin,* 1845, *Delahays,* 1862, 20 vol. in-12, demi-rel. chagr. violet avec coins, dos orné, tête dor. ébarbé.

Curiosités littéraires, bibliographiques, biographiques, traditions, archéologie et beaux-arts, militaires, des inventions, philologiques, historiques, anecdotiques, de l'histoire du vieux Paris, de l'histoire de France, de l'histoire des arts, judiciaires, théâtrales, théologiques, de l'économie politique, des sciences occultes et curiosités de l'histoire des croyances populaires.

291. Mélanges de littérature et d'histoire, par la Société des bibliophiles françois. *Paris, Crapelet,* 1850, in-8, papier vergé de Holl.

Ce volume contient : Notices sur la vie et les lettres de Marie Adélaïde de Savoye. — Lettres de la duchesse de Bourgogne. — Catalogue de la bibliothèque des ducs de Bourbon en 1524. — Du caractère dit de civilité.

292. Les Trésors des pièces rares et inédites. *Paris, Aubry,* 1855-1860, 12 vol. pet. in-8, papier vergé, cart. perc. violette, non rog.

Voiage en Russie. — Expédition de Fr. Drake en Amérique. — Description de la ville de Paris au XVe siècle, par Guillebert de Metz. — Les Loix de la galanterie (1644). — Les Églises et monastères de Paris. — La Journée des madrigaux. — Les Vers de Henri Baude. — Chansons et saluts d'amour de Guillaume de Ferrières. — Chants historiques et populaires du temps de Charles VII et Louis XI. — Récit des funérailles d'Anne de Bretagne. — Le Livre de la chasse du grand séneschal de Normandye. — L'Enlèvement innocent. — Le Blason des couleurs.

293. Le Trésor des pièces rares et inédites. *Paris, Aug. Aubry,* 1855-62, 10 vol. pet. in-8, demi-rel. mar. rouge avec coins, fil. tête dor. ébarbé.

Les Jeux d'esprit. — La Vieille, ou les derniers amours d'Ovide. — Le Blason des couleurs. — Paris au XIIe siècle. — L'Enlèvement innocent. — Le Livre de la chasse du grand séneschal de Normandye. — Récit des funérailles d'Anne de Bretagne. — Procès de François Ravaillac. — Chants historiques et populaires du temps de Charles VII et Louis XI. — Jeanne Darc. — Philobiblion. — Les Églises et monastères de Paris. — La Journée des madrigaux. — Les Vers de Henri Baude. — La Ruelle mal assortie. — Les Loix de la galanterie. — Voiage en Russie. — Expédition de Fr. Drake en Amérique. — Description de la ville de Paris au XVe siècle, par Guillebert de Metz. — Ronsard, œuvres inédites.

294. Bibliothèque gauloise. *Paris, Adolphe Delahays,* 1858 et années suivantes, 22 vol. in-12, papier vergé, cart. perc. verte, non rog.

Brantome. Vie des dames galantes. — Sorel. Histoire comique de Francion. — Leroux de Lincy. Livres des proverbes français, 2 vol. — L'Heptameron. — Histoire amoureuse des Gaules, 2 vol. — D'Assoucy. Aventures burlesques. — Histoire de Merlin Cocaie. — Regnier. — Vaux-de-Vire d'Olivier Basselin. — Paris ridicule au xvii° siècle. — Desperriers. Le Cymbalum mundi. — Les Œuvres de Des Portes. — Recueil de farces du xv° siècle. — Scarron. Virgile travesti. — Chronique de la Pucelle. — Les Cent Nouvelles nouvelles. — Cyrano de Bergerac. Œuvres comiques, 2 vol. — Œuvres de Tabarin. — La Fontaine. Contes et nouvelles.

295. Collection du Bibliophile français. *Paris, Bachelin-Deflorenne,* 1863-1869, 12 vol. pet. in-12, eaux-fortes par G. Staal, demi-rel. mar. rouge, dos orn. ébarbé.

Cette Collection est ainsi composée : Hégésippe Moreau, par A. Lebailly. — La Lisette de Béranger, par Thalès Bernard. — — Rouget de l'Isle et la *Marseillaise*, par Desgranges. — Mme de Lamartine, par A. Lebailly. — Gérard de Nerval, par Alf. Delvau. — Henry Mürger et la Bohème (par le même). — Hégésippe Moreau, œuvres inédites, par A. Lebailly. — Alf. de Vigny, par Anat. France. — Mery, Gust. Claudin, Mme T. de Girardin, par Georges d'Heilly. — Lamennais, sa vie intime, par J. Marie Peigné. — Élisa Mercœur, par Jules Claretie.

296. Bibliothèque originale. *Paris, René Pincebourde,* 1866, 8 vol. in-12 carrés, papier de Hollande, frontispices gravés à l'eau-forte, demi-rel. mar. vert avec coins, dos or. fil. tête dor. ébarbé.

Béranger et son temps, par Jules Janin, 2 vol. — Les Mystifications de Caillot-Duval, 1 vol. — Correspondance intime de l'armée d'Égypte, 1 vol. — La Vérité sur la mort d'Alexandre le Grand ; la mort de César, 1 vol. — Fréron, sa vie, ses écrits, 1 vol. — Petrus Borel, sa vie, ses écrits. — L'Histoire du sieur abbé comte de Bucquoy, 1 vol.

HISTOIRE

I. — HISTOIRE DES RELIGIONS. — HISTOIRE DE FRANCE HISTOIRE ÉTRANGÈRE

297. La Papesse Jeanne, étude historique et littéraire par Philomneste junior (Gust. Brunet, de Bordeaux) ; édition augmentée et illustrée de curieuses gravures sur bois des xv° et xviii° siècles. *Bruxelles, Gay et Doucé,* 1880, pet. in-8, br.

298. J. de Born. La Monacologie, ou Histoire naturelle de moines, traduit de l'original latin par Broussonnet, réimpression textuelle sur l'édition originale française de 1784, avec figures dans le texte. *A Rouen, chez J. Lemonnyer,* 1879, in-8, figures, demi-rel. chagr. rouge, tête dor. ébarbé.

Un des 50 exemplaires sur PAPIER WATHMANN.

299. Les Plus belles Églises du monde, notices historiques et archéologiques sur les temples les plus célèbres de la chrétienté, par l'abbé J.-J. Bourrassé. *Tours, Ad. Mame,* 1857, in-8, figures, demi-rel. chagr. vert, fil. tête dor.

300. Dictionnaire critique des reliques et des images miraculeuses, par A.-P. Collin de Plancy. *Paris, Guien,* 1821-1822, 3 vol. in-8, br.

---

301. Gaule et France, par Alex. Dumas. *Paris, U. Canel,* 1833, in-8, demi-cart. perc.

Première édition.

302. Antony Meray. La Vie au temps des trouvères; la Vie au temps des cours d'amour, croyances, usages et mœurs intimes des XIe, XIIe et XIIIe siècles, d'après les lais, chroniques... *Paris, A. Claudin,* 1873-1876, 2 vol. pet. in-8, papier vergé, demi-rel. mar. bleu clair avec coins, dos orné, tête dor. ébarbé.

303. Antony Meray. La Vie au temps des trouvères, 1 vol. — La Vie au temps des cours d'amour, 1 vol. — La Vie au temps des libres prêcheurs, 2 vol. *A Paris, A. Claudin,* 1876-1878. — Ens. 4 vol. pet. in-8, papier vergé et broché.

304. Mémoires sur l'ancienne chevalerie, par Lacurne de Sainte-Palaye, avec une introduction et des notes historiques par M. Ch. Nodier. *Paris, Girard,* 1826, 2 vol. in-8, 2 figures en couleur, demi-rel. chagr. bleu, dos orné, tête dor.

Quelques piqûres d'humidité.

305. Traité de la forme et devis comme on fait les tournois, par Olivier de La Marche, Hardouin de La Jaille, Anthoine

de La Sale, etc., mis en ordre par Bernard Prost, enrichi de 16 planches, dont 9 doubles, coloriées au pinceau avec le plus grand soin et rehausssées d'or. *Paris, A. Barraud,* 1878, in-8, papier de Hollande, fig. br.

306. Nobiliaire universel de France, ou Recueil général des généalogies historiques des maisons nobles de ce royaume, par M. de Saint-Allais. *Paris, Bachelin-Deflorenne,* 1872-75, 20 vol. in-8, demi-rel. chagr. rouge, dos orn. tête dor. ébarbé.

307. Mémoires de Philippe de Commynes, nouvelle édition revue sur les manuscrits ayant appartenu à Diane de Poitiers, par M. R. de Chantelauze. Édition illustrée d'après les monuments originaux de quatre chromo-lithographies et de nombreuses gravures sur bois. *Paris, Firmin-Didot,* 1881, gr. in-8, papier vélin, figures, br.

308. Procès criminel de Jehan de Poitiers, seigneur de Saint-Vallier, publié d'après les manuscrits originaux de la Bibliothèque impériale, avec une introduction et des notes par Georges Guiffrey. *Paris, Lemerre,* 1867, gr. in-8, papier vergé, titre gravé, demi-rel. mar. rouge jans. avec coins, tête dor. ébarbé.

308 *bis.* — Le même ouvrage, gr. in-8, v. f. comp. sur les plats, tr. r.

309. La Forme du Serment de l'union que doivent faire et répéter tous les bons catholiques, unis pour la deffense de l'Église catholique, apostolique et romaine, et conservatiõ de l'Estat royal et couronne de France, selon qu'il a esté fait solennellement et publiquement en la ville de Paris, le dimanche onzième jour de mars 1590, en l'église et monastère des Augustins..... *Guillaume Bichon, Jacques au Bichot,* 1590, pet. in-8 de 15 pp. mar. vert foncé, mil. dor. fil. à fr. dent. int. tr. dor.

310. Discours véritables de ce qui s'est passé à Bordeaux sur les fiançailles et espousailles de Madame, sœur du Roy, avec le Prince juré d'Espagne, où sont descrites les cérémonies..... *Troyes, Pierre Chevillot,* 1615, pet. in-8 de 16 pp. mar. olive, fil. à froid, mil. or. dos orné, tête dor. ébarbé.

311. La Sortie du Roy de sa ville de Bordeaux, pour retourner à Paris. Ensemble le nombre des seigneurs, chefs, capitaines et gens de guerre, qui l'assistent au retour de son voyage de Guyenne. *Imprimé à Paris et à Troyes, par Pierre Chevillot,* 1615, pet. in-8 de 6 pp. mar. olive, fil. à fr. milieux dorés, tête dor. éb.

312. Œuvres du cardinal de Retz, nouvelle édition revue sur les plus anciennes impressions et les autographes, par M. Alphonse Feillet. *Paris, Hachette,* 1870-1876, 4 vol. in-8, br.

De la Collection des *Grands Écrivains de la France.*

313. Mémoires de Saint-Simon, nouvelle édition collationnée sur le manuscrit autographe, augmentée des additions de Saint-Simon au Journal de Dangeau et de notes appendices, par A. de Boislisle. *Paris, Hachette,* 1879, 2 vol. in-8, tomes I et II, br.

De la Collection des *Grands Écrivains de la France.*

314. Mémoires secrets sur le règne de Louis XIV, la Régence et le règne de Louis XV, par Duclos; nouvelle édition augmentée d'une notice sur la vie et les ouvrages de Duclos, de notes et d'un index alphabétique. *Paris, Jules Gay,* 1864, 2 vol. in-8, demi-rel. chagr. r. avec coins, fil. tête dor. ébarbé.

315. Madame Deshoulières emprisonnée au château de Vilvorde par ordre du prince de Condé, son évasion de cette forteresse; notice historique, par L. Galesloot. *Bruxelles, Arnold,* 1866, in-12, front. gr. demi-rel. mar. v. avec coins, dos orné, fil. tête dor. éb.

316. Documents inédits sur le règne de Louis XV. Journal des inspecteurs de M. de Sartines. *Bruxelles, Ernest Parent,* 1863, in-8, demi-rel. mar. grenat avec coins, dos orné, fil. tête dor. ébarbé.

317. Le Gazetier cuirassé, ou Anecdotes scandaleuses de la cour de France (par Ch. Theveneau de Morande). *Imprimé à cent lieues de la Bastille, à l'enseigne de la Liberté,* 1775, in-8, front. et plan de la Bastille, demi-rel. mar. r. avec coins, tête dor. ébarbé.

318. Duclos. Chroniques indiscrètes sur la Régence, tiré d'un manuscrit autographe de Collé, avec une notice et

des notes, par M. Gustave Mouravit. *Paris, le Moniteur du Bibliophile,* 1878, gr. in-8 tiré in-4 de 63 pp. demi-rel. chagr. bleu, tête dor. ébarbé.

319. Le Parc aux Cerfs, ou l'Origine de l'affreux déficit (par L.-G. Bourdon). *A Paris, l'an deuxième de la Liberté,* 1790, in-8, frontispice et portraits, demi-rel. percal.

320. Histoire populaire de la garde impériale, par Émile Marco de Saint-Hilaire, illustrée de 41 gravures à part, dessinées par R. de Moraine, avec types coloriés à l'aquarelle. *Paris, Victor Lecou, s. d.,* in-8, portrait, figures noires et en coul. cart. toile bleue, dos orné, tr. dor.

321. Le Dernier des Napoléon. *Paris, A. Lacroix,* 1874, in-8, demi-rel. mar. noir, tête dor. ébarbé.

Dédié à Sa Majesté l'empereur Maximilien.
Cet ouvrage est attribué à M. le comte de Kératry.
Exemplaire sur GRAND PAPIER DE HOLLANDE.

322. Le Bailliage du Palais-Royal de Paris, par Ch. Desmazes. *Paris, L. Willem, Paul Daffis,* 1875, pet. in-8, en feuilles dans un carton.

Exemplaire sur PEAU DE VÉLIN.

323. Le Calendrier des confréries de Paris, par J.-B. Le Masson, Forésien, précédé d'une introduction avec des notes, par l'abbé Valentin Dufour. *Paris, L. Willem et P. Daffis,* 1875, pet. in-8, en feuilles dans un carton.

Un des 3 exemplaires sur PEAU DE VÉLIN.

324. Histoire anecdotique des barrières de Paris, par Alfred Delvau, avec 10 eaux-fortes par Émile Thérond. *Paris, Dentu,* 1865, in-12, vignettes, demi-rel. chagr. grenat avec coins, fil. tête dor. ébarbé.

325. Chroniques. Traditions et légendes de l'ancienne histoire des Flamands, recueillies par M. Octave Delepierre. *Lille, Brouwer-Bauwens,* 1834, in-8, demi-rel. chagr. n.

326. De la Sorcellerie et de la Justice criminelle à Valenciennes (XVIe et XVIIe siècles), par Th. Louïse. *Valenciennes,* 1861, in-8, figures lithogr. demi-rel. mar. La Vall. avec coins, tête dor. éb.

326 *bis.* — Même ouvrage, même édition, demi-rel. mar. rouge jans. avec coins, tête dor. éb.

327. Les Portraits des plus belles dames de la ville de Montpellier, par de Rosset, *Paris*, 1660. Nouvelle édition avec une notice de Philomneste junior (Gust. Brunet, de Bordeaux). *Genève, Jules Gay,* 1867, pet. in-12 de 57 pp. papier de Hollande, mar. vert clair, fil. tr. dor.

328. Les Antiquités monumentales de la Normandie, dessinées et gravées par John Cotman avec des notes historiques et descriptives par Paul Louisy, précédées d'une introduction par M. de Beaurepaire, archiviste du département de la Seine-Inférieure. *Paris, A. Lévy,* 1881, gr. in-4, papier vélin teinté, gravures hors texte, demi-rel. mar. vert foncé avec coins, tête dor. ébarbé.

Ouvrage monté sur onglets.

329. Stalles de la cathédrale de Rouen, par E.-H. Langlois. *Rouen, Nicétas Periaux,* 1838, in-8, portrait et figures, demi-rel. mar. gren. jans. avec coins, tête dor. éb.

330. Stalles de la cathédrale de Rouen, par C. Hyacinthe Langlois, du Pont-de-l'Arche, ornées de 13 planches gravées par Ch. Richard, et un portr. gravé par Brevière. *Rouen, Nicétas Periaux,* 1838, in-8, demi-rel. mar. bleu, fil. dos orné, tête dor. ébarbé.

331. Mon Voyage, ou Lettres sur la ci-devant province de Normandie; suivies de quelques pièces fugitives, par C.-L. Cadet-Gassicourt. *Paris, Desenne, an VII* (1799), 2 vol. in-8, fig. demi-rel. mar. bleu avec coins, fil. tête dor. ébarbé.

332. Histoire du privilège de Saint-Romain, par A. Floquet. *Rouen, E. Le Grand,* 1833, 2 vol. gr. in-8, demi-rel. chag. rouge, dos orné, tête dor. éb.

Le titre du tome II manque.

333. Saint-Michel et le Mont-Saint-Michel, par Mgr Germain, l'abbé P.-M. Brin et M. Ed. Corroyer; ouvrage illustré d'une photogravure de quatre chromolithographies et de deux cents gravures. *Paris, Firmin-Didot,* 1880, gr. in-8, figures, br.

---

334. Le Secret de Rome au XIXe siècle : 1° le Peuple, 2° la

Cour, 3° l'Eglise, par Eugène Briffault. *Paris, Lécrivain et Toubon,* 1861, gr. in-8, figures, demi-rel. bas. brune.

335. Lettres de Henri VIII à Anne Boleyn, avec la traduction, précédées d'une notice historique sur Anne Boleyn. *A Paris, de l'impr. de Crapelet, s. d.*, gr. in-8, 2 portraits lithogr. demi-rel. chagr. rouge.

336. Premiers Voyages en zigzag, par R. Töpffer, illustrés d'après les dessins de l'auteur, d'un grand nombre de vignettes dans le texte et de 54 grandes gravures hors texte, par MM. Calame, Girardet, Français, d'Aubigny, etc.; sixième édition. *Paris, Garnier fr.*, 1860, gr. in-8, fig. demi-rel. chagr. violet, plats en toile, tr. dor.

337. Nouveaux Voyages en zigzag, par R. Töpffer, précédés d'une notice par Sainte-Beuve, illustrés d'après les dessins originaux de Töpffer, par MM. Calame, Karl Girardet, Français, d'Aubigny, de Bar, Gagnet, Forest. *Paris, Victor Lecou,* 1854, figures hors texte et dans le texte. demi-rel. chagr. vert avec coins, éb.

Exemplaire de PREMIER TIRAGE.

338. Nouveaux Voyages en zigzag, par R. Töpffer, précédés d'une notice par M. Sainte-Beuve, de l'Académie française, illustrés d'après les dessins originaux de Töpffer, par MM. Calame, Karl Girardet, Français, d'Aubigny, Gagnet, Forest; troisième édition. *Paris, Garnier fr.*, 1864, gr. in-8, portrait, demi-rel. chagr. violet, plats toile, dos orné, tr. dor.

II. — HISTOIRE LITTÉRAIRE

339. Tableau de la littérature du Centon chez les anciens et chez les modernes, par Oct. Delepierre. *Londres, N. Trübner,* 1874, 2 vol. pet. in-4, demi-rel. mar. rouge avec coins, dos orné, fil. tête dor. éb.

340. Essai sur la littérature romantique. *Paris, Le Normant,* 1825, in-8, cart. toile.

341. Monographie du Sonnet, sonnettistes anciens et mo-

dernes, suivis de 80 sonnets, par M. Louis de Veyrières. *Paris, Bachelin-Deflorenne,* 1869-70, 2 vol. in-12, br.

342. Monographie du Sonnet, sonnettistes anciens et modernes, suivis de 80 sonnets, par M. Louis de Veyrières. *Paris, Bachelin-Deflorenne,* 1869, 2 vol. in-12, demi-rel. mar. vert avec coins, dos orné, fil. tête dor. ébarbé.

343. Modus legendi abbreviaturas passim in utroq. jure occurentes nunc demum integritati suæ restitutus. *Parisiis, ex officina Claudii Chevallonii, sub sole aureo, in via Jacobea, an.* 1537, pet. in-8 de 36 pp. texte à 2 col. marque de Chevallon sur le titre, demi-rel. chagr. r. avec coins, tr. dor.

344. De l'État réel de la presse et des pamphlets, depuis François Ier jusqu'à Louis XIV, par M.-C. Leber, *Paris, Techener,* 1834, in-8, demi-rel. mar. viol. foncé avec coins, dos orné, tête dor. éb.

345. De l'État réel de la presse et des pamphlets, depuis François Ier jusqu'à Louis XIV, par M.-C. Leber. *Paris, Techener,* 1834, in-8, demi-rel. v. vert.

Exemplaire entièrement non rogné et sur PAPIER FORT. On a ajouté à la suite de ce volume un opuscule de Ch. Nodier intitulé : De la liberté de la presse avant Louis XIV. *Paris, Techener,* 1834, in-8 de 12 pp.

Une note bibliographique signée G. D. se trouve placée en tête de ce volume.

346. Histoire des livres populaires ou de la littérature du colportage, depuis le XVe siècle jusqu'à l'établissement de la Commission d'examen des livres du colportage, par Ch. Nisard. *Paris, Amyot,* 1854, 2 vol. in-8, figures, demi-rel. chagr. vert, tr. peig.

347. Dictionnaire des Devises des hommes de lettres, imprimeurs, libraires, bibliophiles, chambres de rhétorique, sociétés littéraires et dramatiques. Belgique et Hollande, par F. V... *Bruxelles, Fr.-J. Olivier,* 1876, in-8, papier de Hollande, demi-rel. mar. r. tête dor. ébarbé.

348. L'Esprit des Almanachs, analyse critique et raisonnée de tous les almanachs, tant anciens que modernes. *Paris, Duchesne,* 1783, pet. in-8, v. marb.

Le privilège est au nom de Wolf d'Orfeuil, pseudonyme de Nicolas Le Camus, de Mézières.

349. Histoire littéraire de la Convention nationale, par Eugène Maron. *Paris, Poulet-Malassis et de Broise,* 1860, in-8, br.

350. Poètes et Amoureuses, portraits littéraires du XVIe siècle, par Prosper Blanchemain. *Paris, L. Willem,* 1877, 2 vol. in-8, papier de Hollande, portr. demi-rel. mar. citr. avec coins, dos orné et mosaïqué de mar. rouge, tête dor. éb.

351. Recherches sur les noms véritables des dames chantées par les poètes français du XVIe siècle, par Prosper Blanchemain. *Paris, Aug. Aubry,* 1868, in-8 de 11 pp. demi-rel. v. f. éb.

Extrait du Bulletin du Bouquiniste.

352. Correspondance littéraire, philosophique et critique de Grimm et de Diderot, depuis 1753 jusqu'en 1790. *Paris, Furne,* 1829-1831, 16 vol. in-8, demi-rel. mar. gren. dos orn. fil. tête dor. éb.

353. La Lorgnette littéraire, dictionnaire des grands et des petits auteurs de mon temps, par Charles Monselet. *Paris, Poulet-Malassis et de Broise,* 1857, in-12, demi-rel. mar. olive avec coins, dos orné, fil. tête dor. ébarbé.

Exemplaire tiré sur PAPIER DE HOLLANDE, avec un portrait de l'auteur ajouté, gravé à l'eau-forte et un envoi autographe du même.

354. Les Originaux du siècle dernier, les oubliés et les dédaignés, par Charles Monselet. *Paris, Mich. Lévy,* 1864, in-12, demi-rel. v. f. avec coins, tête dor. éb.

355. Voyage autour de ma Bibliothèque. Littérature et philosophie, par A.-L.-A. Fée. *Paris, Berger-Levrault,* 1856, in-12, demi-rel. v. f.

356. Revue des Romans. Recueil d'analyses raisonnées des productions remarquables des plus célèbres romanciers français et étrangers, par Eusèbe G*** (Girault de Saint-Fargeau). *Paris, Firmin-Didot frères,* 1839, 2 tomes en 1 vol. in-8, demi-rel. chagrin bleu avec coins. tête dor. ébarbé.

357. Fabrique de Romans : Maison Alexandre Dumas et Compagnie, par Eugène de Mirecourt. *Paris,* 1845, in-8 de 64 pp. demi-cart. perc.

358. Le Paradis des Gens de Lettres selon ce qui a été vu et entendu, par Charles Asselineau, l'an du Seigneur 1861. *Paris, Poulet-Malassis*, 1862, in-12 de 72 pp. frontispice gravé à l'eau-forte, br.

Recherché et devenu rare.

359. Recherches sur les jeux d'esprit, les singularités et les bizarreries littéraires principalement en France, par Ch. Canel. *Évreux, Auguste Hérissey*, 1867, 2 vol. in-8, papier de Hollande, demi-rel. mar. olive avec coins, dos orné et mosaïqué de mar. r. tête dor. éb.

360. Les Sociétés badines, bachiques, littéraires et chantantes, leur histoire et leurs travaux; ouvrage posthume de M. Arthur Dinaux, revu et classé par M. Gust. Brunet. *Paris, Bachelin-Deflorenne*, 1857, 2 vol. in-8, portr. demi-rel. mar. br. dos orné, fil. tête dor. ébar. (*Lanscelin.*)

361. Les Sociétés badines, bachiques, littéraires et chantantes, leur histoire et leurs travaux; ouvrage posthume de M. Arth. Dinaux, revu et classé par M. Gustave Brunet. *Paris, Bachelin-Deflorenne*, 1869, 2 vol. in-8, portrait à l'eau-forte par G. Staal, demi-rel. chagr. vert avec coins, tête dor. éb.

362. Lettre inédite de Philothée O'Neddy, auteur de *Feu et flamme*, sur le groupe littéraire romantique, dit des Bousingos. *Paris, P. Rouquette*, 1875, in-8 de 16 pp. demi-rel. v. f.

Un des dix exemplaires sur PAPIER DE CHINE.

---

363. Les Cartes à jouer et la Cartomancie, par P. Boiteau d'Ambly, ouvrage illustré de 40 bois. *Paris, Hachette*, 1854, in-12, demi-rel. mar. rouge.

364. Études historiques sur les cartes à jouer, principalement sur les cartes françaises..., par M.-C. Leber. *S. l. n. d.*, in-8 de 129 pp. figures noires et en couleur, demi-rel. mar. gren. dos orné, fil. tête dor. éb.

Extrait de tome XVIe des Mémoires de la Société royale des antiquaires de France.

365. Recherches historiques et littéraires sur les danses

des morts et sur l'origine des cartes à jouer; ouvrage orné de cinq lithographies et de vignettes, par Gab. Peignot. *Dijon et Paris,* 1826, in-8, figures, demi-rel. chagr. noir, non rog.

366. Histoire de l'Imagerie populaire et des cartes à jouer, à Chartres, suivie de recherches sur le commerce de colportage, des complaintes, canards et chansons des rues, par J.-M. Garnier. *Chartres, Garnier,* 1869, pet. in-8, figures, demi-rel. avec coins, dos orné, tête dor. éb.

III. — BIOGRAPHIE

367. Dictionnaire historique et bibliographique, abrégé des personnages illustres, célèbres ou fameux de tous les siècles et de tous les pays....., par L.-G. Peignot. *Paris, Ménard et Desenne,* 1821, 4 vol. in-8, demi-rel. bas.

368. Le Dictionnaire historique et critique de Pierre Bayle. *Paris, Desoer,* 1820, 16 vol. in-8, portrait, texte à 2 col. demi-rel. bas. bleue.

369. Le Bric-à-Brac, avec son catalogue raisonné, par Fr. Grille. *Paris, Ledoyen,* 2 vol. in-12, demi-rel. mar. vert foncé avec coins, tête dor. éb.

370. La Vie du fameux Père Norbert, ex-capucin, connu aujourd'hui sous le nom de l'abbé Platel, par l'auteur du colporteur (Chevrier). *Londres, Jean Nourse,* 1762, in-12, cart.

371. La Vie de saint Vaneng, fondateur de l'abbaye de Fécamp, par le P. Christophe Labbé, précédée d'une notice historique par Michel Hardy. *Fécamp, Marinier,* 1873, pet. in-8, papier vergé de Hollande, portrait sur chine, br.

372. La Vie de saint Vaneng, fondateur de l'abbaye de Fécamp, par le P. Christophe Labbé, précédé d'une notice historique par Michel Hardy. *Fécamp, A. Marinier,* 1873, in-8, portrait gr. br.

Exemplaire sur grand papier Whatman.
Le portrait est tiré sur chine et en triple état.

373. La Famille de Ronsard, recherches généalogiques, historiques et littéraires sur P. de Ronsard et sa famille, par Ach. de Rochambeau. *Paris, A. Franck,* 1868, in-8, papier vergé de Hollande, figures, demi-rel. mar. vert clair avec coins, dos orné, fil. tr. dor. éb.

374. Documents historiques sur la vie et les mœurs de Louise Labé, de nouveau mis en lumière, par P.-M.-G. *Lyon,* 1844, in-8 de 34 pp. papier de Hollande, portr. demi-cart. perc.

On a relié à la suite : Notice sur la rue Belle Cordière, à Lyon, contenant quelques renseignements biographiques sur Louise Labé et Ch. Bordes. *Lyon,* 1828, in-8, de 15 pp. — Notice pour servir de Supplément au commentaire sur les Œuvres de Louise Labé, in-8 de 11 pp.

375. Mémoires historiques sur Raoul de Coucy. On y a joint le Recueil de ses chansons en vieux langage avec la traduction et l'ancienne musique (par de La Borde). *Paris, Ph. D. Pierres,* 1781, pet. in-8, portraits et figures, chagr. fauve, fil. noirs et or sur les dos et les plats, tête dor. ébarbé.

Ouvrage rare sur papier de Hollande, orné de 5 jolis portraits et une figure, non signés.

376. La Fameuse Comédienne, ou Histoire de la Guérin, auparavant femme et veuve de Molière ; réimpression conforme à l'édition de Francfort, 1688, suivie des variantes des autres éditions et accompagnée d'une préface et de notes par Jules Bonassies. *Paris, Barraud,* 1870, pet. in-8 de 73 pp. avec portrait, demi-rel. chagr. violet, tête dor. éb.

377. L'Arétin, sa vie et ses écrits, par Philarète Chasles. *Neuchâtel,* 1863, in-12, papier de Hollande, demi-rel. mar. r. jans. tête dor. éb.

Tiré à un très petit nombre d'exemplaires.

378. Notice sur la vie et les ouvrages de P. de Corneille Blessebois, par M. Édouard Cléder. *Paris, Auguste Aubry,* 1862, pet. in-8 de 55 pp. demi-cart. percal.

Tiré à petit nombre.

379. Notice sur la vie et les ouvrages de P. de Corneille Blessebois, par M. Édouard Cléder. *Paris, Aug. Aubry,* 1862, pet. in-8, demi-rel. chag. grenat, tête dor. éb.

380. Notice sur la vie et les ouvrages de P. de Corneille Blessebois, par Édouard Cléder. *Paris, Aubry*, 1862, pet. in-8, papier vergé, demi-rel. mar. r. tête dor. éb.

381. Essai sur la vie et les ouvrages du P. Daire, par M. de Cayrol, avec les épîtres farcies telles qu'on les chantait dans les églises d'Amiens au XIIIe siècle; publiées pour la première fois, d'après le manuscrit original, par M. M. J. R. *Amiens, Caron-Vitet*, 1838, in-8, demi-rel. v. f.

382. Les Écrivains normands au XVIIe siècle, par C. Hippeau. *Caen, Buhour*, 1858, in-12, demi-rel. mar. rouge, tête dor. éb.

Du Perron. — Malherbe. — Bois-Robert. — Sarazin. — P. Du Bosc. Saint-Evremond.

383. Poëtes normands. Portraits gravés d'après les originaux les plus authentiques, par Charles Devrits. Notices bibliographiques publiées sous la direction de L.-B. Baratte. *Paris, Lacrampe, s. d.*, gr. in-8, nombr. portraits gravés, demi-rel. chag. br. tête dor. éb.

384. Hercule Grisel, prêtre et poète rouennais du XVIIe siècle; étude biographique, littéraire et bibliographique, par F. Bouquet. *Rouen, H. Boissel*, 1870, gr. in-8, papier vergé, br.

385. Notice sur le président François de Maynard, poète toulousain, par Prosper Blanchemain. *Paris, Aug. Aubry*, 1867, in-8 de 16 pp. demi-rel. v. f. éb.

Extrait du Bulletin du Bouquiniste.

386. Charles Monselet. Rétif de la Bretonne. documents inédits. *Paris, Auguste Aubry*, 1858, pet. in-8, papier vergé, portrait, demi-rel. v. f. non rog.

387. Essai sur la vie et les ouvrages de Gabr. Peignot, accompagné de pièces de vers inédites par J. Simonnet. *Paris, Aug. Aubry*, 1863, in-8, demi-rel. mar. f. avec coins, dos orné, tête dor. éb.

388. Henri Beyle. Notice biographique, par Prosper Mérimée. 4e édition, augmentée d'une note bibliographique.

San Remo, J. Gay, 1874, in-12 de 21 pp. papier de Hollande, demi-cart. percal.

Extrait de la 2e livraison du Fantaisiste, tirage à part sur grand papier vélin à 50 exemplaires numérotés.

389. Marc de Montifaud. Les Romantiques, avec un portrait de Victor Hugo datant de l'époque romantique gravé par Hanriot. *Paris,* 1878, in-12, portraits, br.

Exemplaire sur PAPIER DE HOLLANDE.

390. Marc de Montifaud. Les Romantiques, avec un portrait de Victor Hugo datant de l'époque romantique, gravé par Hanriot. *Paris,* 1878, in-18, portrait, br.

Exemplaire sur PAPIER DE HOLLANDE.

391. Sophie Arnould, d'après sa correspondance et ses mémoires inédits, par Ed. et J. de Goncourt. *Paris, E. Dentu,* 1777, in-4, papier vélin, portrait d'Arnould gravé à l'eau-forte par L. Flameng, texte encadré d'après les dessins de Popelin gravés par Meaulle.

392. Honoré de Balzac, sa vie et ses œuvres. Biographie, par Théophile Gautier; analyse critique de la Comédie humaine, par H. Taine. *Bruxelles,* 1858, in-12, 2 portraits dont un gravé à l'eau-forte, demi-rel. mar. f. avec coins, fil. tête dor. éb.

393. Histoire des œuvres de H. de Balzac, par Charles de Lovenjoul. *Paris, Calmann Lévy,* 1879, in-8, br.

394. Les Chartier. Recherches sur Guillaume, Alain et Jean Chartier, par G. Du Fresne de Beaumont. *Caen, Leblanc-Hardel,* 1869, in-4, de 59 pp. cart. perc.

395. Notice historique sur Brantome (par E. Vignon). *S. l. n. d.*, in-8 de 33 pp. demi-rel. perc. non rog.

Extrait.

396. L'Histoire de Madame la Marquise de Pompadour, par Mademoiselle de Fauques, réimprimée d'après l'édition originale de 1759, avec une Notice sur le livre et son auteur. *Paris, Moniteur du Bibliophile,* 1879, in-4, papier vergé, demi-rel. chagr. viol. tête dor. éb.

397. Claude Le Petit. Sa fin tragique en place de Grève à Paris et ses ouvrages, par Édouard Tricotel. *Paris, Techener,* 1863, in-8 de 19 pp. demi-cart. perc,

398. Marat dit l'Ami du Peuple, notice sur sa vie et ses ouvrages, par M. Ch. Brunet. *Paris, Poulet-Malassis,* 1862, pet. in-8, avec un portrait gravé par Flameng, demi-rel. mar. f. tête dor. éb.

399. Mémoires de J. Casanova de Seingalt, écrits par lui-même, suivis de Fragments des Mémoires du prince de Ligne; nouvelle édition, collationnée sur l'édition originale de Leipsick. *Paris, Garnier, s. d.,* 8 vol. in-8, br.

400. Notice sur la vie de M. L. Hachette, suivie des discours prononcés à ses obsèques et des articles nécrologiques consacrés à sa mémoire (par M. A. Lesieur). *Paris, Lahure,* 286, in-8 de VIII-83 pp. demi-cart. perc.

401. Henri Plon, 26 avril 1806 - 25 novembre 1872 (articles nécrologiques). *Paris,* 1872, in-8 de 55 pp. papier vélin. texte encadré de filets viol. demi-cart. percal.

IV. — BIBLIOGRAPHIE

1. INTRODUCTION. — TRAITÉS GÉNÉRAUX SUR LES LIVRES, SUR LES BIBLIOTHÈQUES, ETC.

402. Le Livre du Bibliophile, deuxième édition. *Paris, Alphonse Lemerre,* 1874, pet. in-12, de 49 pp. papier de Hollande, demi-rel. mar. vert foncé, tête dor. éb.

403. Le Livre du Bibliophile, deuxième édition. *Paris, Alphonse Lemerre,* 1874, in-12 de 49 pp. papier vélin teinté, demi-rel. mar. f. tête dor. éb.

404. Connaissances nécessaires à un bibliophile. Établissement d'une bibliothèque. Conservation et entretien des livres, de leur format et de leur reliure. *Paris, Édouard Rouveyre,* 1877, in-8 de 78 pp. demi-rel. mar. r. tête dor. éb.

405. Connaissances nécessaires à un bibliophile, par Édouard Rouveyre; troisième édition, revue, corrigée et augmentée. *Paris, Édouard Rouveyre,* 1880, 2 vol. in-8, papier de Hollande, br.

406. Dictionnaire raisonné de bibliologie, par G. Peignot. *Paris, Villier, an X* (1802), 3 vol. in-8, demi-rel. mar. viol. foncé, tête dor. éb.

407. Dictionnaire de bibliologie catholique. *Paris, P. Migne*, 1860-1866, 2 vol. gr. in-8, texte à 2 colonnes, dont un de Supplément, br.

408. Mémoire d'un bibliophile, par M. Tenant de Latour. *Paris, E. Dentu*, 1861, in-12, demi-rel. mar. r. tête dor. éb.

409. De la Bibliomanie (par L. Bollioud-Mermet). *La Haye*, 1761, in-8 de 111 pp. demi-rel. veau fauve avec coins, tête dor. éb.

Bel exemplaire de la 1re édition.

410. De la Bibliomanie (par Bollioud-Mermet, nouvelle édition publiée par M. Paul Chéron). *Paris, Jouaust*, 1865, in-12 de 72 pp. papier de Hollande, demi-rel. mar. bleu avec coins, tête dor. éb.

411. De la Bibliomanie (par L. Bollioud-Mermet). *Paris, impr. Jouaust*, 1865, in-12 de 72 pp. demi-rel. chagr. bleu.

Réimpression de l'édition de 1761, publiée par M. P. Chéron ; en tête de cet exemplaire, qui est sur PAPIER DE CHINE, se trouve une lettre autographe signée de M. P. Chéron, adressée à M. Baudement.

412. Philobiblion, excellent traité sur l'amour des livres, par Richard de Bury ; traduit et publié par Hipp. Cocheris. *Paris, Aug. Aubry*, 1836, pet. in-8, cart. percal. viol. n. rog.

De la Collection du *Trésor des pièces rares et inédites.*

413. Les Amoureux du livre. Sonnets d'un bibliophile. Fantaisies, commandements du bibliophile,... par F. Fertiault. Préface du bibliophile Jacob (Paul Lacroix), seize eaux-fortes de Jules Chevrier. *Paris, A. Claudin*, 1877, in-8, eaux-fortes, br.

414. Les Amoureux du livre, par F. Fertiault; préface du bibliophile Jacob (Paul Lacroix), seize eaux fortes de Jules

Chevrier. *Paris, A. Claudin*, 1877, in-8, frontispice et eaux-fortes, br.

Exemplaire sur grand papier vergé de Hollande.

415. Voyage bibliographique, archéologique et pittoresque en France, par le Rév. Th. Frognall Dibdin, traduit de l'anglais avec des notes par Théod. Licquet. *Paris, Crapelet*, 1825, 4 vol. in-8, br.

416. Les Ennemis des livres, par un bibliophile. *Lyon, H. Georg*, 1879, in-8 de 64 pp. papier vélin teinté, encadr. de fil. r. br.

Tiré à très petit nombre.

417. Le Livre et la petite bibliothèque d'amateur, essai de critique, d'histoire et de philosophie morale sur l'amour des livres, par M. Gustave Mouravit. *Paris, Aug. Aubry, s. d.*, in-8, papier vélin, demi-rel. mar. grenat avec coins, dos orné et mosaïqué de mar. citr. fil. tête dor. éb.

418. Manuel du bibliothécaire, accompagné de notes critiques, historiques et littéraires, par M. P. Namur. *Bruxelles, J.-B. Tircher*, 1834, in-8, br.

419. Notice historique des grandes bibliothèques de toutes les nations,... servant d'introduction au Supplément des Siècles littéraires de la France, par N.-L.-M. Desessarts. *Paris, l'auteur, an XI* (1803), in-8 de 40 pp. demi-cart. perc.

420. Manuel bibliographique, ou Essai sur les bibliothèques anciennes et modernes..., le tout suivi de notices bibliographiques, instructives et curieuses, par G. Peignot. *Paris, an IX de la République* (1800), in-8, demi-rel. veau fauve.

421. Notions historiques sur les bibliothèques anciennes et modernes, suivies d'un tableau comparatif des produits de la presse de 1812 à 1825, et d'un recueil de lois et ordonnances concernant les bibliothèques, par Bailly. *Paris, Rousselon*, 1828, in-8, br.

422. Rymaille sur les plus célèbres bibliothèques de Paris, en 1649, avec des notes et un essai sur les autres biblio-

thèques particulières du temps, par Albert de La Fizelière. *Paris, Aug. Aubry*, 1868, in-8, papier de Hollande, br.

Tirage à part, à petit nombre, du Bulletin du Bouquiniste.

423. Notice historique sur la bibliothèque Mazarine, extrait des recherches sur les bibliothèques anciennes et modernes, par L.-Ch.-F. Petit-Radel, *Paris, Rey et Gravier*, 1819, in-8 de 89 pp. demi-rel. v. r.

424. Préface du catalogue de la Bibliothèque Mazarine rédigée en 1751 par le bibliothécaire P. Desmarais, publiée, traduite en français et annotée par Alf. Franklin, de la Bibliothèque Mazarine. *Paris, J. Miard*, 1867, pet. in-12, papier de Hollande, demi-rel. mar. br. tête dor. éb.

425. Essai historique sur la Bibliothèque du Roi, aujourd'hui Bibliothèque impériale... par Le Prince, nouvelle édition, revue et augmentée par Louis Paris. *Paris, Cabinet historique*, 1856, in-12, br.

Exemplaire sur GRAND PAPIER VÉLIN.

426. La Bibliothèque impériale, son organisation, son catalogue, par un Bibliophile (Alfred Franklin). *Paris, Auguste Aubry*, 1861, in-12 de 40 pp. papier vélin, demi-rel. mar. r. tête dor. éb.

427. Précis de l'histoire de la Bibliothèque du Roi, aujourd'hui Bibliothèque nationale, par Alfred Franklin. *Paris, Léon Willem*, 1875, in-8, papier vélin, figures d'armoiries dans le texte, br.

428. Marius Vachon. La Bibliothèque du Louvre et la collection bibliographique Motteley. Fac-similé du tableau de Hébert. *Paris, A. Quantin*, 1879, gr. in-8 de 109 pp. papier de Hollande, figure, br.

429. Réponse de la Bibliothèque nationale à M. Feuillet de Conches, par M. Naudet. *Paris, Panckoucke*, 1841, in-8 de 70 pp. demi-rel. v.

430. Les Manuscrits de la Bibliothèque du Louvre, brûlés dans la nuit du 23 au 24 mai 1871 sous la Commune, par L. Paris. *Paris, bureau du Cabinet historique*, 1872, in-8, demi-rel. chagr. vert, tête dor. éb.

431. Histoire de la Bibliothèque Sainte-Geneviève, par Alfred

de Bougy, suivie d'une monographie bibliographique par P. Pinçon. *Paris, Comon,* 1847, in-8, br.

432. Eugène Mouton. La Bibliothèque de l'École nationale des Beaux-Arts. *Paris, J. Baer,* 1875, in-8 de 44 pp. papier vélin, cart. perc.

433. Lettre neuvième relative à la Bibliothèque publique de Rouen, traduite de l'anglais avec des notes par M. Théodore Licquet, conservateur de cette bibliothèque. *Paris, Crapelet,* 1821, gr. in-8 de 48 pp. papier vélin, demi-rel. chagr. r. jans. tête dor. éb.

2. HISTOIRE DE L'IMPRIMERIE.

434. Essai sur la typographie, par M. Ambroise Firmin-Didot. Extrait du tome XXVI de l'Encyclopédie moderne. *Paris, Firmin-Didot,* 1851, in-8, texte à 2 col., planches gravées, demi-cart. perc.

435. Histoire de l'Imprimerie, par Paul Dupont. *Paris, Paul Dupont,* 1854, 2 vol. in-12, br.

436. Histoire de l'imprimerie, par Paul Dupont. *Paris,* 1854, 2 vol. pet. in-8, demi-rel. chagr. viol. dos orné.

437. Histoire de l'Imprimerie, par Paul Dupont. *Paris, Rouveyre, s. d.*, 2 vol. pet. in-8, papier vélin, br.

438. Le Polypotype, ou Histoire de l'imprimerie sous la figure d'un monstre. *Paris, T. Bruère,* 1827, in-8 de 56 pp. demi-cart. perc. non rog.

439. Essai sur les monuments typographiques de Jean Gutenberg, par Gotthelf Fischer. *Mayence, an X,* in-4 de 102 pp. portrait, titre gravé et planches de fac-similé, demi-rel. mar. viol. avec coins, fil. tr. marbr. (*Thouvenin.*)

440. Jean Gutenberg, essai historique et critique par le Rév. Ch. Winaricky, traduit du manuscrit allemand par le chevalier Jean de Carro. *Bruxelles,* 1847, pet. in-8 de 104 pp. demi-rel. chag. vert jans. tête dor. éb.

441. Débuts de l'imprimerie à Strasbourg, ou Recherches sur

les travaux mystérieux de Gutenberg dans cette ville et sur le procès qui lui fut intenté en 1439 à cette occasion, par Léon de Laborde. *Paris, Techener,* 1840, in-8 de 82 pp. 3 pl. hors texte, demi-rel. veau f.

442. Nouvelles Recherches sur l'origine de l'imprimerie, dans lesquelles on fait voir que la première idée en est due aux Brabançons, par M. Des Roches. Lu à la séance du 8 janvier 1777. *S. l. n. d.*, in-8, demi-cart. perc.

Extrait.

443. Crapelet, imprimeur. — Opuscules bibliographiques. Réunion de 12 pièces reliées en un vol. in-8, demi-rel. veau vert.

Notice sur Quinault. — Observations sur la presse en réponse à M. de Bonald. — De l'État actuel de la langue française. — De l'Imprimerie. — Sur la suppression des brevets d'imprimeur. — Notice sur Eustache Deschamps. — Des Ouvrages de la littérature du moyen âge. — Des progrès de l'imprimerie au XVIe siècle. — Le Lecteur au banquet de Sainte-Barbe (en vers). — Rapport sur le Romancero. — Villénie littéraire de l'abbé Prompsault.

444. Mémoire sur les vexations qu'exercent les libraires et imprimeurs de Paris, publié d'après l'imprimé de 1725 et le manuscrit de la Bibliothèque de la ville de Paris, par Lucien Faucou. *Paris, Moniteur du Bibliophile*, 1879, in-4, demi-rel. mar. rose avec coins, dos orné, fil. tête dor. éb.

445. A Messieurs les députés de la France, sur l'état déplorable où l'imprimerie et la librairie se trouvent réduites, et des moyens d'améliorer leur sort, par M. J.-C. Lebègue; quatrième édition. *Paris, Lebègue,* 1845, in-8 de 28 pp. demi-rel. perc.

446. L'Imprimerie, la librairie et la papeterie à l'Exposition universelle de 1851. Rapport du dix-septième jury, présenté par M. Ambroise Firm.-Didot, membre du jury. *Paris, Imprimerie impériale,* 1854, in-8, demi-rel. chagr. La Val. tête dor. éb.

447. Exposition universelle de 1855. Quelques détails sur les produits de l'Imprimerie impériale de France, par M. d'Escodeca de Baisse. Deuxième tirage. *Paris, Imprimerie impériale,* 1855, in-8 de 42 pp. demi-cart. perc.

448. Traité de l'imprimerie, par Bertrand Quinquet. *Paris, Bertrand Quinquet, an VII de la République,* in-4, veau ant. marb.

449. Manuel typographique, par Fournier le jeune. *A Paris, imprimé par l'auteur et se vend chez Barbou,* 1764, 2 vol. in-12, 2 fig. v. rac.

450. Guide pratique du compositeur d'imprimerie, par Théotiste Lefèvre. *Paris, Firmin-Didot,* 1873-1878, 2 vol. gr. in-8, fig. dans le texte, br.

451. Dictionnaire de la langue verte typographique, précédée d'une monographie des typographes et suivi de chants dus à la Muse typographique, par Eugène Boutmy. *Paris, Isidore Liseux,* 1878, in-18, papier de Hollande, demi-rel. mar. brun avec coins, dos orné, fil. tête dor. éb.

452. Notice sur la lithographie, deuxième édition, suivie d'un essai sur la reliure et le blanchiment des livres et gravures, par F. Mairet. *Chatillon-sur-Seine, C. Cornillac,* 1824, in-12, fig. demi-rel. mar. vert, tête dor. éb.

453. Traité théorique et pratique de lithographie, par G. Engelmann. *Mulhouse, Engelmann, s. d.,* in-4, titre en chromolithog. portrait et 48 planches gravées, cart.

454. Repertorium bibliographicum, in quo libri omnes ab arte typographica inventa usque ad annum M. D. typis expressi ordine alphabetico vel simpliciter enumerantur vel adcuratius recensentur. Opera Ludovici Hain. *Lutetiæ Parisiorum, J. Renouard,* 1827-1838, 2 tomes en 4 vol. in-8, demi-rel. v. jasp. tête dor. éb.

455. Histoire de l'Imprimerie royale du Louvre, par Auguste Bernard. *Paris, Imprimerie impériale,* 1867, in-8, br.

456. Les Typographes parisiens, suivis d'un petit dictionnaire de la langue verte typographique, par Eugène Boutmy. *Paris, chez l'auteur,* 1874, in-8 de 52 pp. demi-cart. perc.

457. Biographie des imprimeurs et des libraires, précédée d'un coup d'œil sur la librairie, par M. A. J***** (J.-B.-A. Imbert). *Paris, l'auteur,* 1836, in-24, demi-rel. chagr. grenat, tête dor. éb.

458. Les Estienne : Henri I; François I et II; Robert I, II et III; Henri II; Paul et Antoine. Extrait de la Nouvelle Biographie générale, publiée par MM. Firmin-Didot frères. *S. l. n. d.* (*Paris, Firmin-Didot*), in-8 à 2 col. 81 pp. de texte, demi-cart. perc.

459. Geofroy Tory, peintre et graveur, premier imprimeur royal, réformateur de l'orthographe et de la typographie, sous François Ier, par Aug. Bernard. *Paris, Aubry*, 1857, in-8, papier vélin, br.

460. Antoine Vitré et les caractères orientaux de la Bible polyglotte de Paris, origine et vicissitudes des premiers caractères orientaux introduits en France, par Aug. Bernard. *Paris, Dumoulin*, 1857, in-8 de 45 pp. demi-cart. perc.

461. Études sur le seizième siècle. Estienne Dolet, sa vie, ses œuvres, son martyre, par Jos. Boulmier. *Paris, Aug. Aubry*, in-8, papier vélin, portrait, demi-cart. percal.

462. De l'Imprimerie et de la Librairie à Rouen, dans les xve et xvie siècles, et de Martin Morin, célèbre imprimeur rouennais, par Ed. Frère. *Rouen, Le Brument*, 1843, in-4 de 64 pp. demi-rel. mar. vert foncé, tête dor. éb. (*Lortic.*)

Opuscule tiré à petit nombre.

463. Des Livres de liturgie des Églises d'Angleterre (Salisbury, York, Hereford), imprimées à Rouen dans les xve et xvie siècles. — Études suivies du catalogue de ces impressions, avec des notes bibliographiques par Ed. Frère. *Rouen, Auguste Le Brument*, 1867, in-8 de 67 pp. papier vergé, br.

Tiré à très petit nombre.

464. Essai sur la calligraphie des manuscrits du moyen âge et sur les ornements des premiers livres d'Heures imprimés, par E.-H. Langlois. *Rouen, Lefèvre*, 1841, gr. in-8, figures, demi-rel. mar. viol. avec coins, tête dor. éb.

465. Recherches sur l'établissement et l'exercice de l'imprimerie à Troyes avec fac-similé et marques typographiques, par M. Corrard de Bréban, troisième édition revue et augmentée par Olgar Thierry-Poux. *Paris, A. Chossonnery*, 1873, in-8, papier vergé, figures, br.

466. Recherches sur l'établissement et l'exercice de l'imprimerie à Troyes, avec fac-similé et marques typographiques, par Corrard de Brébant; troisième édition revue par Olgar Thierry-Poux. *Paris, A. Chossonnery,* 1873, gr. in-8, demi-rel. mar. citron avec coins, dos orné, fil. tête dor. éb.

Exemplaire sur GRAND PAPIER DE HOLLANDE.

467. Xylographie de l'imprimerie troyenne, pendant le xve, le xvie, le xviie et le xviiie siècle, précédée d'une lettre du Bibliophile Jacob, sur l'histoire de la gravure en bois, publiée par Varusoltis, de Troyes. *Paris, Aug. Aubry,* 1859, in-4, figures, demi-rel. veau vert jaspé, dos orné, tête dor. éb.

Tiré à très petit nombre sur papier vergé.

468. Supplément à la Xylographie et à l'illustration de l'ancienne imprimerie troyenne, publié par Émile Socard. *Paris, Henri Menu,* 1880, in-4 de 15 ff. fig. br.

469. Livres liturgiques du diocèse de Troyes, imprimés au xve et au xvie siècle, ouvrage orné de 86 gravures originales, par Alexis Socard et Alex. Assier. *Paris et Troyes,* 1863, in-8, figures, demi-rel. chagr. noir, n. rog.

470. Livres liturgiques du diocèse de Troyes, imprimés au xve et au xvie siècle, ouvrage orné de 86 gravures originales, par Alex. Socard et Alex. Assier. — Livres populaires imprimés à Troyes de 1600 à 1800. — Hagiographie. — Ascétisme, ouvrage orné de 120 gravures tirées avec les bois originaux. — Noëls et cantiques imprimés à Troyes, depuis le xviie siècle, jusqu'à nos jours, avec la musique de plusieurs airs. *Paris et Troyes,* 1863, 1864, 1865. — Ens. 3 ouvr. en 1 vol. gr. in-8, figures, demi-rel. mar. La Vall. avec coins, tête dor. éb.

Tiré à petit nombre sur papier vergé de Hollande.

471. Variétés bibliographiques et littéraires. Imprimeurs belges, par Aug. de Reume, capitaine d'artillerie. *Bruxelles,* 1848, in-8, demi-rel. mar. grenat avec coins, dos orné, fil. tête dor. éb.

Un des 100 exemplaires tirés sur papier de Hollande, avec une lettre autographe ajoutée de l'auteur.

472. Antiquités typographiques de la France. Origines de l'imprimerie à Albi en Languedoc (1480-1484). Les périgrinations de J. Neumeister, compagnon de Gutenberg, en Allemagne, en Italie et en France (1463-1484). Son établissement définitif à Lyon (1485-1507), d'après les monuments typographiques et des documents originaux et inédits avec notes, commentaires et éclaircissements, par A. Claudin. *Paris, A. Claudin,* 1880, gr. in-8, br.

473. Recherches historiques sur l'imprimerie et la librairie à Amiens, avec une description de livres divers imprimés dans cette ville, par Ferdinand Pouy. *Amiens, Lemer aîné,* 1861, in-8, br.

474. Les Imprimeurs lillois. Bibliographie des impressions lilloises, 1595-1700, par Jules Houdry. *Paris, D. Morgand et Ch. Fatout,* 1879, gr. in-8, papier de Hollande, br.

Exemplaire sur GRAND PAPIER DE HOLLANDE.

475. Essai sur l'histoire de l'Imprimerie en Belgique depuis le XVe jusqu'à la fin XVIIIe siècle, par J.-B. Vincent. *Bruxelles, J. Delfosse,* 1867, in-8, demi-rel. mar. brun jans. tête dor. éb.

476. Bibliographie gantoise. Recherches sur la vie et les travaux des imprimeurs de Gand (1483-1850), par Ferd. Vanderhægen..... *Gand, Vanderhægen,* 1858-1869, 7 vol. gr. in-8, portr. fig. demi-rel. chag. vert foncé jans. tête dor. éb.

477. Annales plantiniennes, depuis la fondation de l'imprimerie plantinienne à Anvers jusqu'à la mort de Chr. Plantin (1555-1587), par C. Ruelens et A. de Backer. *Paris, Tross,* 1866, in-8, portr. br.

478. Léon Degeorge. La Maison Plantin à Anvers, monographie complète de cette imprimerie célèbre; deuxième édition augmentée d'une liste chronologique des ouvrages imprimés par Plantin à Anvers de 1555 à 1589. *Bruxelles, Gay et Doucé,* 1878, gr, in-8, papier de Hollande, portrait, br.

479. Annales de la Typographie Néerlandaise au XVe siècle,

par M.-F.-A.-G. Campbell. *La Haye, Martinus Nijhoff,* 1874, in-8, papier vergé, br.

480. Essai bibliographique sur les éditions des Elzévirs les plus précieuses et les plus recherchées, précédé d'une notice sur ces imprimeurs célèbres (par Bérard). *Paris, Firmin-Didot,* 1822, in-8, demi-rel. mar. r. avec coins, tête dor. éb.

481. Recherches sur diverses éditions elzéviriennes, faisant suite aux études de MM. Bérard et Pieters, extraites des papiers de M. Millot, mises en ordre et complétées par Gustave Brunet. *Paris, Aubry,* 1866, in-12, papier de Hollande, br.

482. Recherches historiques, généalogiques et bibliographiques sur les Elzevier, par A. de Reume. *Bruxelles, Ad. Wahlen,* 1847, in-8, portr. demi-rel. v. br.

483. Annales de l'Imprimerie elzévirienne, ou Histoire de la famille des Elsevier et de ses éditions, par Ch. Pieters. *Gand, C. Annoot-Braeckman,* 1851, gr. in-8, demi-rel. chagr. r. avec coins, tête dor. éb.

484. Aperçu sur les erreurs de la Bibliographie spéciale des Elzevirs et de leurs annexes, par Ch. Motteley. *Bruxelles,* 1848, in-12 de 47 pp. papier vélin, demi-rel. mar. fauve, tête dor.

485. Les Elzevier. Histoires et Annales typographiques, par Alphonse Willems. *Bruxelles et Paris,* 1880, in-8, planches, cart. non rog.

Ouvrage de cclix et 607 pages à deux colonnes, et orné de planches; remplaçant tous les travaux traitant du même sujet, y compris les *Annales de Pieters.*

486. Catalogus Librorum Officinæ Elsevirianæ designans qui tam eorum typis et impensis prodierunt tam quorum alias copia ipsis suppetit. *Anno* 1644, petit in-8 de 24 pp. demi-rel. mar. f. tête dor. éb.

Réimpression faite à très petit nombre et exécutée à Gand en 1854.

487. Catalogue de l'officine des Elzevier (1628), reproduction héliographique, d'après l'exemplaire de la biblio-

thèque de Francfort-sur-le-Mein, avec une introduction par Ernest Kelchner. *Paris, Joseph Baer,* 1880, in-8 de 15 pp. demi-rel. mar. vert foncé, tête dor. éb.

Réimpression fac-similé faite à petit nombre.

488. Varia tirés à part du bibliophile belge. Réunion de 36 pièces en 2 vol. gr. in-8 demi-rel. v. f. avec coins, fils à fr.

Catalogue des dissertations ou thèses académiques imprimées par les Elzevier, 1864. — Histoire de l'imprimerie en Italie, par Hoffmann, 1852. — Notice sur la bibliothèque de Charles de Croy, par Édouard van Even, 1851. — Recherches sur les imprimeurs de Namur, 1853. — Sur les éditions primitives de Rabelais, par Gustave Brunet, 1851, etc., etc.

489. Annales de l'imprimerie des Alde, ou histoire des trois Manuce et de leurs éditions. *Paris, Ant.-Aug. Renouard, an XII,* 1803, 2 vol. in-8 et Supplément, deux portraits, br.

490. Notice bibliographique sur le catéchisme et la confession de foi de Calvin (1537) et sur les autres livres imprimés à Genève et à Neuchâtel dans les premiers temps de la réforme (1533-1540), par Théophile Dufour. *Genève, J. Guill. Fick,* 1878, petit in-8, br.

491. Dissertation sur l'origine de l'imprimerie en Angleterre, traduite de l'anglais du docteur Middleton, par D.-C. Imbert. *Londres,* 1775, in-8 de 43 pp. demi-rel. v. f. éb.

492. Les Origines de l'imprimerie et son introduction en Angleterre, par A. Quantin, d'après de récentes publications anglaises. *Paris, A. Quantin,* 1877, gr. in-8 de 72 pp. papier de Hollande, filets rouges, br.

493. Marques typographiques, par L.-C. Silvestre. *Paris, P. Jannet,* 1853, gr. in-8, 825 marques d'imprimeurs, demi-rel. mar. citron avec coins, dos orné et mosaïqué de maroquin rouge et vert, fil. tête dor. éb.

Très bel exemplaire.

494. Mémoire sur l'origine et le premier usage des signatures et des chiffres dans l'art typographique, par le citoyen de La Serna Santander. *Bruxelles, Armand Caborria, an IV de la République,* in-8 de 30 pp. demi-rel. mar. r tête dor. éb.

3. BIBLIOGRAPHES GÉNÉRAUX. — MÉLANGES BIBLIOGRAPHIQUES.

495. Advis pour dresser une bibliothèque, présenté à Monseigneur le président de Mesme, par Gabriel Naudé, Parisien; réimprimé sur la deuxième édition (*Paris,* 1644). *Paris, Liseux,* 1876, in-12, br.

Tiré à petit nombre.

496. Almanach de l'auteur et du libraire, contenant : 1° le nom des ministres et magistrats qui sont à la tête de la librairie, ceux des censeurs et des inspecteurs; 2° un tableau de tous les libraires-imprimeurs de Paris, du royaume, etc.... *Paris, veuve Duchesne,* 1777, in-12, titre gr. v. f. fil. tr. dor.

Joli titre gravé contenant dans le milieu les armes de Hue de Miromesnil, chancelier de France.

497. Dictionnaire bibliographique choisi du XVe siècle, par M. de La Serna Santander. *Bruxelles, J. Tarte et Tilliard, an XIII,* 1805-1807, 3 vol. in-8, papier vergé, demi-rel. v. vert jaspé, dos orné, tête dor. éb.

498. Manuel du libraire et de l'amateur de livres, par J.-Ch. Brunet. *Paris, Firmin-Didot fr.,* 1860-65, 12 part. en 6 vol. in-8, texte à 2 col. — Supplément au Manuel du libraire, par MM. P. Deschamps et J. Brunet. *Paris, Firmin-Didot,* 1878, 2 part. en 1 vol, in-8, texte à 2 col. — Dictionnaire de géographie ancienne et moderne à l'usage du libraire et de l'amateur de livres (par P. Deschamps). *Paris, Firmin-Didot fr.,* 1870, in-8, texte à 2 col. — Ens. 15 parties reliées en 8 vol. demi-rel. mar. v. jans. tête dor. ébarbé. (*Reliure uniforme.*)

499. Nouveau Manuel de bibliographie universelle, par MM. Ferd. Denis, P. Pinçon et de Martonne. *Paris, Libr. encyclopédique de Roret,* 1857, gr. in-8, texte à 3 col. demi-rel. cuir de Russie, tête dor. éb.

500. Manuel du bibliophile, ou Traité du choix des livres, par G. Peignot. *Dijon, Victor Lagier,* 1823-1824, 2 vol. in-8, broché.

501. Essai d'une bibliographie générale, par Georges Du-

plessis. Biographies individuelles, monographies, biographies générales. *Paris, Rapilly,* 1866, in-8, demi-rel. chagr. vert, n. rog.

502. Nouveau Sistème bibliographique, mis en usage pour la connaissance des enciclopédies, en quelque langue qu'elles soient écrites, par le marquis A. de Fortia d'Urban. *Paris, Lebègue, Treuttel et Wurtz,* 1821, in-12, demi-cart. perc. verte, n. rog.

503. Répertoire bibliographique universel, par Gabriel Peignot. *Paris, Ant. Aug. Renouard,* 1812, in-8, demi-rel. mar. bleu clair avec coins, tête dor. éb.

504. Essai de curiosités bibliographiques, par Gabriel Peignot. *Paris, Ant.-Augustin Renouard, an XIII,* 1804, in-8, demi-rel. bas. verte.

505. Variétés, notices et raretés bibliographiques, par Gabriel Peignot. *Paris, Renouard,* 1822. — Catalogue par ordre alphabétique des ouvrages imprimés de Gabriel Peignot, par Philibert Milsand. *Paris, Aubry,* 1861, photographie de Peignot. — Ens. 2 ouvr. en un vol. in-8, demi-rel. chagr. vert avec coins.

506. Curiosités bibliographiques et artistiques, par G. Brunet. *Genève, J. Gay et fils,* 1867, in-8, br.

507. La Curiosité littéraire et bibliographique, articles littéraires. Reproduction, extraits et analyses d'ouvrages curieux. Notices de livres rares. Anecdotes, etc. Première série. *Paris, Isidore Liseux,* 1880, pet. in-8, demi-rel. chagr. r. avec coins, tête dor. éb.

508. Fantaisies bibliographiques, par Gustave Brunet. *Paris, Gay,* 1864, in-12, br.

509. Variétés bibliographiques, par Édouard Tricotel. *Paris, Gay,* 1863, in-12, br.

510. Dissertations bibliographiques, par P. L. Jacob (Paul Lacroix). — Énigmes et Découvertes (par le même). *Paris, Jules Gay,* 1864, et *Lainé,* 1866. — Ens. 2 vol. in-12, papier de Hollande, br.

511. Miscellanées bibliographiques, publiées par Édouard

Rouveyre et Octave Uzanne. *Paris, Édouard Rouveyre,* 1878-1879, 2 vol. in-8, papier vergé, br.

512. Livres payés en vente publique 1,000 fr. et au-dessus, depuis 1866 jusqu'à ce jour. Aperçu sur la vente Perkins à Londres, étude bibliographique par Philomneste junior (Gust. Brunet, de Bordeaux). *Bordeaux, Ch. Lefebvre,* 1877, in-8, papier de Hollande, br.

513. Notice de livres rares et précieux imprimés sur papier de Chine. *Paris, B. Warée,* 1836, pet. in-8, demi-cart. perc.

20 feuillets contenant 20 titres d'ouvrages, avec encadrement.

514. Les Livres cartonnés. Essais bibliographiques, par Philomneste junior (Gustave Brunet, de Bordeaux). *Bruxelles, Gay et Doucé,* 1878, pet. in-8 de 101 pp. papier de Hollande, demi-rel. mar. r. fil. à fr. tête dor. éb.

515. Les Livres cartonnés. Essais bibliographiques, par Philomneste junior (Gustave Brunet, de Bordeaux). *Bruxelles, Gay et Doucé,* 1878, pet. in-8 de 101 pp. papier de Hollande, br.

516. Notices bibliographiques, philologiques et littéraires, par M. Ch. Nodier. *Paris, Techener,* 1834, 24 pièces reliées en 1 vol. in-8, demi-rel. veau fauve.

Tirage à part et à petit nombre des publications faites par Charles Nodier dans le Bulletin du bibliophile de Techener.

De la reliure en France au XIXe siècle. — De quelques livres satyriques et de leur clef, par M. Ch. Nodier. — De la Maçonnerie et des bibliothèques spéciales. — Du langage factice appelé macaronique. — Des matériaux dont Rabelais s'est servi pour la composition de son ouvrage. — Des auteurs du XVIe siècle qu'il convient de réimprimer. — Comment les patois furent détruits en France. — Annales de l'imprimerie des Alde, par M. Renouard. — Des artifices que certains auteurs ont employés pour déguiser leurs noms. — Échantillons curieux de statistiques. — Bibliographie des fous. — De quelques livres excentriques, etc.

Exemplaire de Viollet-le-Duc.

517. Procès des raretés bibliographiques, faits à Paris en 1863 et en 1865, publiés par la Société des Bibliophiles cosmopolites. *Bordighère, Henri Rancher,* 1875, pet. in-8, demi-rel. mar. r. jans. avec coins, tête dor. éb.

Ouvrage tiré à très petit nombre sur papier vélin.

518. Mélanges tirés d'une petite bibliothèque, ou Variétés littéraires et philosophiques, par Ch. Nodier. *Paris, Crapelet,* 1829, portrait, demi-rel. mar. rouge avec coins, tête dor. éb.

519. Mélanges tirés d'une petite bibliothèque, ou Variétés littéraires et philosophiques, par Ch. Nodier. *Paris, Crapelet,* 1829, in-8, demi-rel. mar. vert avec coins, dos orné, fil. tête dor. éb.

520. Mélanges tirés d'une petite bibliothèque romantique, par Charles Asselineau, illustrés d'un frontispice à l'eau-forte de Célestin Nanteuil et de vers de MM. Théodore de Banville et Charles Baudelaire. *Paris, librairie Richelieu,* 1866, in-8, papier de Hollande, frontispice à l'eau-forte, broché.

521. Analectabiblion, ou Extraits critiques de divers livres rares, oubliés ou peu connus, tirés du cabinet du marquis D. R*** (Du Roure). *Paris, Techener,* 1836, 2 vol. in-8, demi-rel. mar. rouge avec coins, fil. tête dor. éb. (*Bauzonnet.*)

Bel exemplaire sur papier vélin fort avec un envoi autographe signé de l'auteur à Mme la comtesse Du Roure, sa mère.

522. Bulletin du bouquiniste, publié par Auguste Aubry. *Paris, Auguste Aubry,* 1857-1873, 22 vol. in-8 et 5 vol. de tables, br.

Tomes 1 à 32. Collection sans lacunes.

523. Archives du Bibliophile, ou Bulletin de l'amateur de livres et du libraire. *Paris, A. Claudin,* 1858-1860, 4 vol. in-8, papier vergé, br.

524. Le Moniteur du Bibliophile, gazette littéraire, anecdotique et curieuse. Directeur : Jules Noriac. Rédacteur en chef : Arthur Heulhard. *Paris,* 1878-1879, 2 vol. in-4 (1re et 2e années), demi-rel. mar. rouge avec coins, dos orné, fil. tête dor. éb.

525. Le Chasseur bibliographe, revue bibliographique, littéraire, critique et anecdotique. *Paris, François,* 1862-1863, 2 vol. in-8, demi-rel. chag. gren. jans. tête jasp. éb.

526. Analectes du bibliophile, recueil trimestriel contenant : 1° Diverses pièces curieuses anciennes et modernes...

Directeur : M. Jules Gay. *Turin, Jean Gay,* 1876, 3 vol. in-12, pap. vergé, demi-rel. mar. grenat avec coins, dos orné, fil. tr. dor. éb.

Ces trois volumes sont les seuls parus.

527. La Bibliographie jaune, par l'Apôtre bibliographe. *A Cocupolis et à Paris,* 1880, pet. in-8 de 103 pp. papier vélin teinté.

528. Analyse des travaux de la Société des Philobiblion de Londres, par Octave Delepierre. *Londres, Trübner,* 1862, in-8, papier vergé, demi-rel. bas. olive, tête dor. éb. (*Reliure anglaise.*)

529. Analyse des travaux de la Société des Philobiblion de Londres, par Octave Delepierre. *Londres, Trübner,* 1862, pet. in-4, demi-rel. v. olive, tête dor. éb.

530. Voyages littéraires sur les quais de Paris. Lettres à un bibliophile de province, par A. de Fontaine de Resbecq. *Paris, A. Durand,* 1857, in-12, demi-rel. mar. bleu, tête dor. éb.

4. CATALOGUES.

531. Catalogus librorum bibliothecæ illustrissimi viri Caroli Henrici comitis de Hoym, olim regis Poloniæ Augusti II. Digestus et descriptus a Gabriele Martin. *Parisiis, apud Gabrielem et Claudium Martin,* 1738, in-8, v. rac. non rogné.

Prix d'adjudication mis à l'encre.

532. Catalogue des livres de la bibliothèque de feue Madame la Marquise de Pompadour. *Paris, J.-Th. Hérissant,* 1765, in-8, demi-rel. mar. bleu clair avec coins, dos orné, tr. dor.

533. Catalogue des livres de Madame Du Barry, avec les prix à Versailles. Reproduction du catalogue manuscrit original, avec des notes et une préface, par P. L. Jacob, bibliophile (Paul Lacroix). *Paris, Auguste Fontaine,* 1874, in-12, papier de Hollande, br.

Ouvrage tiré à 100 exemplaires numérotés.

534. Catalogue des livres précieux, singuliers et rares, tant imprimés que manuscrits, qui composaient la bibliothèque de M*** (Méon). *Paris, Bleuet, an XII*, 1803, demi-rel. veau fauve.

Exemplaire sur GRAND PAPIER avec les prix d'adjudication mis à l'encre.

535. Catalogue des livres rares et précieux de la bibliothèque de feu M. le comte de Mac-Carthy Reagh. *A Paris, chez de Bure fr.*, 1815, 2 tomes en 3 vol. gr. in-8, planche de fac-similés, demi-rel. chagr. rouge.

Exemplaire sur GRAND PAPIER JÉSUS D'ANNONAY, avec les prix d'adjudication mis à l'encre.

536. Catalogue de la bibliothèque d'un amateur (A.-A. Renouard), avec notes bibliographiques, critiques et littéraires. *Paris, Antoine-Augustin Renouard*, 1819, 4 vol. in-8, demi-rel. bas. fauve, n. rog.

537. Catalogue des livres de la bibliothèque de M. Motteley, composée d'une collection considérable d'elzévirs et autres beaux livres et manuscrits rares, précieux et singuliers. *Paris, Silvestre*, 1824, in-8, demi-rel. mar. rouge avec coins, dos orné, fil. tête dor. éb.

Exemplaire sur GRAND PAPIER DE HOLLANDE. Prix d'adjudication mis à l'encre.

538. Catalogue des livres, la plupart rares et précieux, faisant partie de la bibliothèque de M. le marquis de Ch*** (Chateaugiron.) *Paris, J.-S. Merlin*, 1827, in-8, demi-rel. chagr. gren. tête dor. éb.

Prix d'adjudication mis au crayon.

539. Catalogue d'une très riche mais peu nombreuse collection de livres provenant de la bibliothèque de feu M. le comte J.-N.-A. de Fortsas. *Mons, typogr. d'Em. Hoyois, s. d.* (1840), br. in-8 de 12 pp.

ÉDITION ORIGINALE de ce catalogue extrêmement recherché, et devenant de plus en plus rare.

Cet exemplaire est en bon état et d'une conservation parfaite.

On y a joint une lettre de 3 pages in-8, écrite par M. R. Chalon de Mons, l'auteur de cette mystification facétieuse ; elle est adressée au bibliophile Gabr. Peignot et elle a trait à ce fameux catalogue.

540. Catalogue d'une très riche mais peu nombreuse collec-

tion de livres, provenant de la bibliothèque de feu M. le comte J.-N.-A. de Fortsas. *Bruxelles, Van Trigt,* 1840, in-8, sur grand papier, br.

Deuxième édition de la réimpression de ce facétieux catalogue.

541. Catalogue d'une très riche mais peu nombreuse collection de livres, provenant de la bibliothèque de feu M. le comte J.-N.-A. de Fortsas, quatrième édition corrigée et augmentée de documents et particularités historiques. *Mons, Hoyois,* 1863, in-8, demi-rel. mar. orange avec coins, tête dor. éb.

Exemplaire sur PAPIER JONQUILLE.

542. Catalogue d'une très riche mais peu nombreuse collection de livres provenant de feu M. le comte J.-N.-A. de Fortsas. *Mons, Em. Hoyois, s. d.,* in-8 de 16 pp. demi-rel. veau fauve.

Réimpression sur papier de Hollande et à très petit nombre, tiré seulement à 30 exempl. de ce curieux catalogue imaginaire, dû à M. René Chalon, bibliophile érudit, autant que mystificateur ingénieux.

543. Catalogue des livres imprimés sur vélin de la Bibliothèque du Roi. *Paris, de Bure fr.,* 1832, 5 tomes en 4 vol. in-8, br.

Exemplaire sur papier vélin fort.

544. Catalogue des livres en partie rares et précieux, composant la bibliothèque d'un amateur (M. L. Tripier), et qui sont à vendre à la librairie de L. Potier. *Paris, L. Potier,* 1854, in-12, papier vergé, demi-rel. chag. vert, tête dor. ébarbé.

545. Inventaire ou catalogue des livres de l'ancienne bibliothèque du Louvre, fait en l'année 1373, par Gilles Mallet, garde de ladite bibliothèque, etc., avec des notes historiques et critiques (par J.-B. Van Praet.) *Paris, de Bure fr.,* 1836, in-8, cart. non rog.

546. Catalogue d'ouvrages sur l'histoire de l'Amérique, et en particulier sur celles du Canada, de la Louisiane, de l'Acadie..., avec des notes bibliographiques, critiques et littéraires, rédigé par G.-B. Faribault. *Quebec, Cowan,* 1837, in-8, br.

547. Catalogue des livres rares et précieux et de la plus belle condition, composant la bibliothèque de M. G. de Pixérécourt. *Paris, J. Crozet,* 1838, in-8, demi-rel. chagr. citr. avec coins, dos orné, tête dor. éb.

Un des 80 exemplaires sur GRAND PAPIER VERGÉ DE HOLLANDE, avec la partie intitulée *Révolution Française,* qui occupe les pp. 343 à 412 de ce volume.

Cette partie a été acquise en totalité pour la bibliothèque de la Chambre des Pairs.

548. Catalogue d'une précieuse collection des livres anciens et rares, provenant du cabinet A. A. (Audenet). *Paris, Techener,* 1839, in-8, fac-similé, demi-rel. v. br. avec coins, fil. non rog.

549. Catalogue des livres imprimés, manuscrits, estampes, dessins et cartes à jouer, composant la bibliothèque de M. C. Leber, avec des notes par le collecteur. *Paris, Techener,* 1839, 4 vol. in-8, br.

549 *bis.* — Le même catalogue, 4 vol. in-8, br.

Exemplaire sur GRAND PAPIER VERGÉ DE HOLLANDE.

550. Catalogue d'une partie des livres composant la bibliothèque des ducs de Bourgogne au XVe siècle, avec détails historiques, philologiques et bibliographiques, par G. Peignot. *Dijon, Lagier,* 1841, in-8, demi-rel. veau, avec coins.

551. Catalogue complet des Républiques imprimées en Hollande, in-16, avec des remarques sur les diverses éditions, par de La Faye. *Paris, Panckoucke,* 1842, pet. in-16 de 48 pp. demi-rel. mar. r. tête dor. éb.

Ouvrage tiré à un très petit nombre d'exemplaires.

552. Bibliothèque de M. le baron Silvestre de Sacy. *Paris, Imprimerie royale,* 1842-1847, 3 vol. in-8, br

553. Alliance des Arts. Bibliothèque dramatique de M. de Soleinne. Catalogue rédigé par P. L. Jacob, bibliophile (Paul Lacroix). *Paris, Administration de l'Alliance des Arts,* 1843-61, 6 tomes en 5 vol. in-8, demi-rel. veau f.

554. Catalogue de la Bibliothèque de feu M Charles Nodier. *Paris, J. Techener,* 1844, in-8, demi-rel veau fauve.

Prix d'adjudication mis à l'encre.

555. Description raisonnée d'une jolie collection de livres (nouveaux mélanges tirés d'une petite bibliothèque), par Charles Nodier. *Paris, J. Techener,* 1844, gr. in-8, demi-rel. mar. gr. avec coins, dos orné, tête dor. éb.

Bel exemplaire sur GRAND PAPIER VÉLIN avec la table des prix d'adjudication.

556. Catalogue d'une collection très considérable de livres imprimés par les Elzevirs de formats in-fol. et in-8°, recueillis par un bibliophile pendant ces vingt dernières années en France et dans les pays étrangers. *Paris, Claye,* 1846, in-8 de 39 pp. demi-rel. v. f. éb.

557. Catalogue des livres composant la Bibliothèque poétique de M. Viollet-le-Duc, avec des notes bibliographiques et littéraires sur chacun des ouvrages catalogués, pour servir à l'histoire de la poésie en France. *Paris, L. Hachette,* 1843. — Le même catalogue : Chansons, fabliaux, etc... *Paris, J. Flot,* 1847, et Supplément au 1er catalogue. 2 parties en 1 vol. in-8, demi-rel. mar. bleu avec coins, dos ornés, tête dor. éb.

558. Catalogue de la Bibliothèque de feu M. Jérôme Bignon, composée d'un choix considérable de livres rares, curieux et singuliers manuscrits et imprimés, etc. *Paris, Chimot,* 1848, in-8, demi-rel. v. f. n. rog.

Prix d'adjudication mis à l'encre. Cet exemplaire est interfolié de papier blanc.

558 *bis.* — Le même catalogue, in-8, demi-rel. chagr. br.

Prix d'adjudication mis à l'encre.

559. Catalogue des livres rares et précieux composant la Bibliothèque de M. L. M. D. R. (le marquis Du Roure). *Paris, P. Jannet,* 1848, in-8, demi-rel. chagr. vert jans.

Prix d'adjudication mis à l'encre.

560. Catalogue d'une nombreuse collection de livres anciens rares et curieux, provenant de la bibliothèque de feu Gabriel Peignot. *Paris, J. Techener,* 1852, in-8, demi-rel. chagr. br. tête dor. ébarbé.

561. Catalogue d'une nombreuse collection de livres anciens rares et curieux, provenant de la Bibliothèque de feu Gabriel Peignot... *Paris, J. Techener,* 1852, in-8, demi-rel. chagr. br.

562. Collection de livres introuvables provenant du cabinet de feu M. Anne-Robert-Jacques Turgot. *Angoulême, J. Lefraise,* 1856, in-8 de 11 pp. papier vergé, demi-rel. v. f. éb.

Tiré à 100 exemplaires.

Singulier document bibliographique qui est tout simplement le relevé des étiquettes inscrites sur les dos en basane de volumes simulés que le célèbre Turgot, alors intendant à Limoges (1761-1774), avait fait appliquer sur un panneau destiné à masquer une porte secrète ouvrant dans son cabinet de travail.

563. Catalogue de livres anciens rares et curieux composant la Bibliothèque de M. Bergeret. *Paris, J. Techener,* 1858-1859, 3 parties en 2 vol. in-8, demi-rel. chagr. br. tête dor. éb.

564. Collection des catalogues de livres et de manuscrits appartenant à M. J. Libri. *London, Leigh Sotheby et John Wilkinson,* 1859-1876, 7 catalogues in-8, br.

Collection complète et rare.

565. Catalogue des livres manuscrits et imprimés composant la Bibliothèque de M. Ch. Sauvageot, avec une Notice biographique par M. Leroux de Lincy. *Paris, L. Potier,* 1860, in-8, demi-rel. chagr. vert jans. tête dor. éb.

566. Testament littéraire de M. C. Leber, suivi d'une description sommaire des livres et objets d'art les plus remarquables de son cabinet. *Paris, H. Herluison,* 1860, in-8 de 24 pp. papier de Holl. demi-rel. v. brun.

Tiré à très petit nombre.

567. La Bibliothèque de Ch. d'Orléans, comte d'Angoulême, au château de Cognac en 1496, publiée pour la première fois par Ed. Sénemaud. *Paris, A. Claudin,* 1861, in-8 de 93 pp. papier vergé, demi-rel. mar. rouge, tête dor. éb.

Extrait du *Bulletin de la Société archéologique et historique de la Charente.*

Tirage à part fait à très petit nombre.

568. Catalogue des livres manuscrits et imprimés composant la bibliothèque de M. Armand Cigogne, précédé d'une Notice bibliographique par M. Leroux de Lincy. *Paris, L. Potier,* 1861, gr. in-8, br.

Exemplaire sur GRAND PAPIER. Cette collection fait aujourd'hui partie de la Bibliothèque de Mgr le duc d'Aumale.

569. Catalogue des livres rares et précieux composant la bibliothèque de feu M. le comte H. de La Bédoyère. *Paris, L. Potier,* 1862, gr. in-8, demi-rel. v. f. tête dor. éb.

Table imprimée des prix d'adjudication.

570. Description historique et bibliographique de la collection de feu M. le comte H. de La Bédoyère, sur la Révolution française, l'Empire et la Restauration. *Paris,* 1862, in-8, portrait, demi-rel. mar. vert avec coins, dos orné, tête dor. éb.

571. Bibliothèque de la reine Marie-Antoinette au Petit-Trianon, d'après l'inventaire original dressé par ordre de la Convention. Catalogue avec des notes inédites du marquis de Paulmy, mis en ordre et publié par Paul Lacroix. *Paris, J. Gay,* 1863, in-12, demi-rel. mar. brun avec coins, fil. tête dor. éb.

Tiré à petit nombre, épuisé et rare.

572. Livres du boudoir de la reine Marie-Antoinette. Catalogue authentique et original publié pour la première fois avec préface et notes, par Louis Lacour. *Paris, J. Gay, s. d.*, in-12, papier de Hollande, demi-rel. mar. brun avec coins, fil. tête dor. éb.

573. Catalogue de la bibliothèque de feu M. Ch. Pieters, auteur des *Annales de l'Imprimerie des Elsevier. Gand, F. Heussner,* 1864, in-8, cart. éb.

Exemplaire avec la table imprimée des prix d'adjudication et noms des acquéreurs.

574. Catalogue de la Bibliothèque de feu M. Arthur Dinaux. *Paris, Bachelin-Deflorenne,* 1864-1865, 3 parties en 2 vol. in-8, demi-rel. chagr. r.

575. Catalogues des livres rares et précieux, manuscrits et imprimés, composant la bibliothèque de M. Chedeau, de Saumur. *Paris, L. Potier,* 1865, gr. in-8, demi-rel. v. f.

Prix d'adjudication mis à l'encre.

576. Catalogues à prix marqués des livres rares et précieux composant la bibliothèque de M. Chedeau. *Paris, L. Potier,* 1865, gr. in-8, br.

Exemplaire sur GRAND PAPIER DE HOLLANDE avec les prix d'adjudication mis à l'encre

577. Catalogue des livres rares et précieux composant la bibliothèque de feu M. J. Auvillain, avocat à la cour impériale de Paris. *Paris, J. Miard,* 1865, in-8, demi-rel. chagr. gren. tête dor. éb.

578. Catalogue des livres anciens et modernes, rares et curieux provenant de la librairie de J. Joseph Techener père. *Paris, Léon Techener,* 1865-1866, 13 catalogues gr. in-8, br.

Collection complète; le 7e catalogue contient les livres manuscrits et estampes brûlés à Londres dans la maison Leigh Sotheby qui lui appartenaient.

579. Catalogue de mes livres. *Lyon, Louis Perrin,* 1865, 3 tomes en 1 vol. in-4, papier vergé teinté, demi-rel. mar. r. avec coins, dos orné, tête dor. éb.

Catalogue Yemeniz.

580. Catalogue de la bibliothèque de M. N. Yemeniz, précédé d'une notice par M. Leroux de Lincy. *Paris, Bachelin-Deflorenne,* 1867, in-8, demi-rel. chagr. rouge, tr. peigne.

Prix d'adjudication mis à l'encre.

581. Catalogue raisonné des livres de la bibliothèque de M. Ambroise Firmin-Didot. *Paris, Ambroise Firmin-Didot.* 1867, gr. in-8, br.

Tome Ier. Livres avec figures sur bois. Solennités. Romans de chevalerie. — Exemplaire sur PAPIER DE HOLLANDE.

582. Bibliotheca Americana. Catalogue raisonné d'une très précieuse collection de livres anciens et modernes sur l'Amérique et les Philippines classés par ordre alphabétique de noms d'auteurs, rédigé par Ch. Leclerc. *Paris, Maisonneuve,* 1867, gr. in-8, br.

583. Catalogue d'ouvrages relatifs aux îles Hawaï. Essai de bibliographie hawaiienne, par William Martin. *Paris, Challamel,* 1867, in-8 de 92 pp. papier vélin, br.

584. Catalogue et Armorial du Parlement de Rouen, par Steph. de Merval, ornés de vignettes et de fleurons dessinés et gravés à l'eau-forte, par Louis de Merval. *Évreux, Auguste Herissey,* 1867, in-4, papier vélin fort, vignettes, demi-rel. chagr. r. avec coins, tête dor. ébarbé.

585. Catalogue des livres rares et précieux composant la bibliothèque de feu Jacq.-Ch. Brunet. *Paris, L. Potier et Adolphe Labitte,* 1868, 2 part. en un vol. gr. in-8, demi-rel. v. ant. avec coins, fil. tête dor. éb.

On a relié à la suite le catalogue des autographes et la table imprimée des prix d'adjudication pour la 1re partie.

586. Catalogue des livres rares... composant la bibliothèque de Victor Luzarche. *Paris, Claudin,* 1868-1869, 3 parties réunies en un vol. in-8, demi-rel. chagr. vert, tête dor. éb.

587. Catalogue d'un marchand libraire du XVe siècle, tenant boutique à Tours, publié par le Dr Achille Chereau, avec notes explicatives. *Paris, Académie des bibliophiles,* 1868, in-12, papier de Hollande, br.

Tiré à petit nombre.

588. Catalogue des livres rares et précieux manuscrits et imprimés de la bibliothèque de M. le baron J. P... (Pichon), *Paris, L. Potier,* 1869, in-8, demi-rel. mar. bleu avec coins, dos orné, tête dor. éb.

Exemplaire sur GRAND PAPIER DE HOLLANDE, avec la table des prix d'adjudication.

589. Catalogue de livres anciens et modernes, rares et curieux de la librairie Aug. Fontaine. *Paris, Aug. Fontaine,* 1870, 1871-72, 1873, 1874, 1875, 1877, 1878-1879, 1882, 8 vol. gr. in-8 demi-rel. mar. r. tête dor. ébarbé, rel. uniforme, le dernier catalogue de 1882 est broché.

Collection complète; rare.

590. Catalogue détaillé, raisonné et anecdotique d'une jolie collection de livres rares et curieux provenant de la bibliothèque d'un homme de lettres bien connu (Ch. Monselet). *Paris, René Pincebourde,* 1871, in-8, demi-rel. mar. vert clair avec coins, dos orné, fil. tête dor. éb.

Exemplaire tiré sur GRAND PAPIER DE HOLLANDE.

591. Catalogue des livres rares et précieux manuscrits et imprimés faisant partie de la librairie de L. Potier, libraire de la Bibliothèque impériale. *Paris, Adolphe Labitte,* 1870-1872, 2 vol. in-8, demi-rel. chagr. rouge, éb.

592. Catalogue des livres rares et précieux, composant la bibliothèque de M. E.-F.-B. Ruggieri. *Paris, Adolphe*

Labitte, 1873, gr. in-8, demi-rel. chag. r. tête marb. ébarbé.

Excellent catalogue recherché; cet exemplaire est interfolié de papier blanc, on y a joint la table imprimée des prix d'adjudication.

593. Catalogue des manuscrits français de la bibliothèque de Saint-Pétersbourg, publié par M. Gustave Bertrand. *Paris, Imprimerie nationale,* 1874, in-8, br.

594. Catalogue des manuscrits de la bibliothèque municipale de Rouen relatifs à la Normandie, précédé d'une notice sur la formation de la bibliothèque et des accroissements successifs, par Édouard Frère. *Rouen, Henry Boissel*, 1874, in-8, fac-similés, br.

Exemplaire sur GRAND PAPIER VERGÉ DE HOLLANDE.

595. Catalogue de la bibliothèque romantique de feu M. Charles Asselineau, précédé d'une notice bio-bibliographique de M. Maurice Tourneux. *Paris, P. Rouquette*, 1875, gr. in-8, 2 portraits, br.

Exemplaire sur GRAND PAPIER DE HOLLANDE, avec la table des prix d'adjudication.

596. Catalogue détaillé, raisonné et anecdotique d'une jolie collection de livres rares et curieux provenant de la bibliothèque d'un homme de lettres bien connu (Charles Monselet). *Paris, René Pincebourde, s. d.,* in-8. (*Prix d'adjudication mis à l'encre.*) — Catalogue de la bibliothèque romantique de feu M. Asselineau. *Paris, Voisin,* 1874, in-8, portraits, table imprimée des prix d'adjudication. — Ens. 2 catal. en 1 vol. in-8, demi-rel. chagrin vert foncé, non rog.

597. Catalogue de livres rares et précieux manuscrits et imprimés provenant de la bibliothèque de feu M. Benzon. *Paris, Bachelin-Deflorenne,* 1875, in-8, demi-rel. chagr. broché.

Avec la table imprimée des prix d'adjudication.

598. Catalogue des livres rares et précieux manuscrits et imprimés provenant de la bibliothèque de feu M. Benzon. *Paris, Bachelin-Deflorenne*, 1875, gr. in-8, br.

Exemplaire en GRAND PAPIER VÉLIN, avec la table imprimée des prix d'adjudication.

599. Catalogue de livres rares et précieux imprimés et manuscrits composant la bibliothèque de M. L. de M... (Lebeuf de Montgermont). *Paris, Adolphe Labitte,* 1876, in-8, demi-rel. v. br. tête dor. éb.

Avec la table imprimée des prix d'adjudication.

600. Catalogue des livres rares et précieux composant la bibliothèque de M. Jules Janin, membre de l'Académie française, avec une préface par M. L. Ratisbonne. *Paris, Adolphe Labitte,* 1877, in-8, demi-rel. mar. vert avec coins, dos orné, tête dor. éb.

En tête de cet exemplaire est ajouté un portrait de J. Janin, gravé à l'eau-forte par Staal, publié par Pincebourde.

601. Collection de M. Emm. Martin. Livres rares et précieux, anciens et modernes, la plupart illustrés par les artistes du XVIIIe et du XIXe siècle. *Paris, J. Le Petit,* 1877, in-8, demi-rel. v. gran. fil. tête dor. éb.

602. Catalogue de livres rares et curieux composant la bibliothèque de feu M. C.-F. Kofoed. *Bruxelles, Olivier,* 1877, in-8, demi-rel. chagr. grenat avec coins, tête dor. éb.

603. Catalogue des livres précieux, manuscrits et imprimés, faisant partie de la Bibliothèque de M. Ambroise Firmin-Didot, de l'Académie des inscriptions et belles-lettres. *Paris, Adolphe Labitte,* 1878-1882, 2 vol. in-8, le premier en demi-rel. v. br. avec coins, tête dor. ébarbé, le second broché.

604. Bibliothèque A. Firmin-Didot. Catalogue de livres rares et précieux, manuscrits et imprimés. *Paris, Adolphe Labitte,* 1878-1882, 4 vol. gr. in-8, br.

Catalogue des quatre premières ventes faites jusqu'à ce jour.

605. Catalogues illustrés des livres précieux, manuscrits et imprimés faisant partie de la bibliothèque d'Ambroise Firmin-Didot. *Paris, Firmin-Didot,* 1878-1879-1881, 3 vol. in-4, papier de Hollande, figures noires et en couleur, avec les tables des prix d'adjudication, br.

606. Catalogue des ouvrages, écrits et dessins de toute nature poursuivis, supprimés et condamnés, suivi de notes bibliographiques et analytiques, par Fernand Drujon. *Paris, Édouard Rouveyre,* 1879, gr. in-8, br.

607. Catalogue des livres, des manuscrits et des autographes composant la bibliothèque de feu M. Édouard Fournier, précédé d'une notice par M. Jules Cousin, bibliothécaire de la ville de Paris. *Paris, Adolphe Labitte,* 1880, in-8, portrait et une gravure, br.

Exemplaire tiré à très petit nombre sur PAPIER DE HOLLANDE.

608. Catalogue d'une petite collection de livres précieux appartenant à M. E. Q. B. (E. Quentin-Bauchart). *Paris, Adolphe Labitte,* 1881, pet. in-8 de 31 pp. br.

Exemplaire tiré sur PAPIER DE HOLLANDE avec les prix d'adjudication.

609. 1864-1874. Mes livres. *Paris, D. Morgand et Ch. Fatout,* 1877 (*imprimerie de G. Chamerot*), pet. in-8, papier vergé de Hollande, demi-rel. mar. La Vall. dos orné, fil. tête dor.

Joli catalogue tiré à 100 exemplaires numérotés, représentant l'ensemble des livres qui ont appartenu à M. E. QUENTIN-BAUCHART.

610. 1864-1881. Mes livres. *Paris, Adolphe Labitte,* 1881, pet. in-8, de 66 pp. br.

Ce catalogue représente l'ensemble des livres qui ont appartenu à M. E. QUENTIN-BAUCHART. Il a été tiré à très petit nombre sur papier de Hollande; il contient une table des livres avec armoiries ou provenant de bibliothèques célèbres; celle des reliures à mosaïques exécutées par Trautz-Bauzonnet et suivi de la liste des prix de vente.

611. Bibliographie des éditions originales d'auteurs français composant la bibliothèque de feu M. A. Rochebilière. *Paris, Claudin,* 1882, in-12, br.

Un des rares exemplaires tirés sur papier vergé de Hollande.

5. BIBLIOGRAPHES SPÉCIAUX.

A. *Ouvrages anonymes.*

612. Index librorum prohibitorum sanctissimi domini nostri Gregorii XVI... (1559-1851). *Paris, Rouveyre,* 1877, pet. in-8, br.

613. Dictionnaire des ouvrages anonymes, par Ant.-Alex. Barbier, 3e édition, revue et augmentée par MM. Olivier

Barbier, René et Paul Billard. *Paris, Paul Daffis,* 1872-1878, 4 tomes en 8 vol. — Les Supercheries littéraires dévoilées, par J.-M. Quérard, 2e édition, considérablement augmentée, publiée par MM. Gustave Brunet et Pierre Janet. *Paris, Paul Daffis,* 1869-1871, 3 tomes en 6 vol. — Ens. 14 vol. in-8, br.

614. Les Auteurs déguisés de la littérature française au XIXe siècle. Essai bibliographique pour servir de supplément aux recherches d'A.-A. Barbier sur les ouvrages pseudonymes, par J.-M. Quérard. *Paris, au bureau du bibliothécaire,* 1845, gr. in-8 de 84 pages, texte à deux colonnes, demi-cart. perc.

615. Les Auteurs déguisés de la littérature française au XIXe siècle. Essai bibliographique pour servir de supplément aux recherches d'A.-A. Barbier sur les ouvrages pseudonymes, par J.-M. Quérard. *Paris, au bureau du bibliothécaire,* 1845, in-8 de 84 pages, demi-rel. v. f.

616. Supercheries littéraires, pastiches, suppositions d'auteur dans les lettres et dans les arts, par Octave Delepierre. *Londres, N. Trubner,* 1872, in-8 tiré in-4, pap. vél. demi-rel. mar. rouge avec coins, dos orné, fil. tête dor. éb.

617. Supercheries littéraires, pastiches, suppositions d'auteur dans les lettres et dans les arts, par Octave Delepierre. *Londres, N. Trubner,* 1872, in-8 tiré in-4, pap. vél. demi-rel. mar. bleu avec coins, fil. tête dor. éb.

618. Nouveau Dictionnaire des ouvrages anonymes et pseudonymes la plupart contemporains, par E. de Manne. *Lyon, N. Scheuring,* 1862, in-8, demi-rel. chagr. rouge avec coins, dos orné, fil. tête dor. éb.

619. Dictionnaire critique, littéraire et bibliographique des principaux livres condamnés au feu, supprimés ou censurés, par G. Peignot. *Paris, A. Renouard,* 1806, 2 vol. in-8, demi-rel. v. f. n. rog.

Exemplaire interfolié de papier blanc, contenant des augmentations manuscrites.

620. Charles Joliet. Les Pseudonymes du jour. *Paris,*

Achille Faure, 1867, in-12, pap. de Hollande, demi-rel. v. jaspé avec coins, fil. tête dor. éb.

621. Georges d'Heilly. Dictionnaire des pseudonymes. *Paris*, *Rouquette*, 1868, in-12, papier de Hollande, br.

622. Œuvres posthumes de J.-M. Quérard, publiées par G. Brunet. Livres à clef. *Bordeaux, Ch. Lefebvre*, 1873, 2 part. en 1 vol. in-8, papier de Hollande, demi-rel. chagr. bleu avec coins, tête dor. éb.

623. Imprimeurs imaginaires et libraires supposés. Étude bibliographique, par Gustave Brunet. *Paris, Tross*, 1866, in-8, br.

624. Imprimeurs imaginaires et libraires supposés. Étude bibliographique, par Gustave Brunet. *Paris, Tross,* 1866, in-8, papier vélin, br.

625. Recherches sur les imprimeries imaginaires, clandestines et particulières, publiées par les soins de Philomneste Junior (Gustave Brunet, de Bordeaux). *Bruxelles, Gay*, 1879, in-8 de 113 pages, demi-cart. perc.

B. *Bibliographes nationaux.*

626. Bibliographie historique et topographique de la France, ou Catalogue de tous les ouvrages imprimés en français depuis le xve siècle jusqu'au mois d'avril 1845, par A. Girault de Saint-Fargeau. *Paris*, *Firmin-Didot*, 1845, in-8, texte à deux colonnes, éb.

627. Catalogue général de la Librairie Française depuis 1840, rédigé par Otto Lorenz, libraire. *Paris, O. Lorenz*, 1867-1880, 8 vol. gr. in-8, texte à 2 col. demi-rel. mar. bleu avec coins, tête dor. éb.

628. Exposition universelle de Philadelphie (1876). Catalogue du Cercle de la Librairie, de l'Imprimerie et des industries qui s'y rattachent. *Paris, au Cercle de la Librairie*, 1876, in-8, papier vélin, demi-cart. perc.

629. Cercle de la Librairie. Première exposition. *Paris,*

boulevard Saint-Germain, 1880, in-8, gravures, cart. perc. fers spéciaux, tête dor. ébarbé.

Joli catalogue sur beau papier vélin.

630. Le Cercle de la Librairie, de l'Imprimerie, de la Papeterie, du commerce de la musique et des estampes. Notice historique et descriptive. *Paris, Cercle de la Librairie,* 1881, gr. in-8, papier vélin, figure, br.

631. Notice des publications faites par la Société des bibliophiles français. *Paris, Léon Techener*, 1879, in-8 de 14 pp. papier de Hollande, demi-rel. v. f.

632. Bibliographie historique et topographique de la ville de Paris, ou Catalogue de tous les ouvrages imprimés en français, relatifs à l'histoire de Paris, depuis le xve siècle jusqu'au mois de novembre 1846, par A. Girault de Saint-Fargeau. *Paris*, *l'auteur*, 1847, in-8 de 47 pp. demi-rel. v. f.

633. Bibliographie Douaisienne, par H.-R. Duthilleul. *Paris, Techener*, 1835, in-8, avec appendice, demi-rel. bas. tr. marb.

L'Appendice est broché.

634. Les Bibliographes picards, par F. Pouy. *Paris, Baur,* 1869, in-8, de 16 pp. demi-rel. v. f.

635. Manuel du Bibliographe Normand, par Édouard Frère, *Rouen*, *A. Le Brument*, 1858-1860, 2 vol. gr. in-8, texte à 2 col. demi-rel. mar. r. avec coins, fil. tête dor. éb.

636. Bibliographie Italico-Normande contenant : 1° un Essai historique sur les relations entre l'Italie et la Normandie ; 2° une Bibliothèque des ouvrages relatifs aux relations des deux pays ; 3° une Bibliothèque des ouvrages relatifs à l'Italie, composés par des auteurs normands ; par Jules Thieury. *Paris, Aug. Aubry*, 1864, in-8, de 80 pp. demi-rel. v. f.

637. Bibliographie du département de la Manche, par Adr. Pluquet. *Caen, Massif*, 1873, in-8, demi-rel. chagr. vert jans. tête dor. éb.

638. Les Bibliophiles Flamands, leur histoire et leurs travaux,

par Kervyn de Volkaersbeke. *Gand, L. Hebbelynck,* 1852, gr. in-8, de 32 pp. et 2 portraits. — Analyse des matériaux les plus utiles pour des futures annales de l'imprimerie des Elzévier. *Gand, Annoot-Braeckman,* 1843, gr. in-8, armoiries des Elzevir et 2 portraits, ens. 2 ouvr. en un vol. demi-rel. bas.

639. Recherches bibliographiques en forme de dictionnaire sur les auteurs morts et vivants qui ont écrit sur l'ancienne province de Champagne, par Aug. Denis. *Châlons-sur-Marne, T. Martin,* 1870, in-8, demi-rel. v. f.

640. Bibliographie du Périgord, XVIe siècle (par de Maleville). *Paris, Aug. Aubry,* 1861, in-8, de 57 pp. demi-rel. mar. vert avec coins, tête dor. éb.

Tiré à très petit nombre.

641. Bibliographie des ouvrages relatifs à l'Afrique et à l'Arabie. Catalogue méthodique de tous les ouvrages français et des principaux en langues étrangères traitant de la géographie, de l'histoire, du commerce, des lettres et des arts de l'Afrique et de l'Arabie, par Jean Gay. *San Remo, J. Gay et fils,* 1875, gr. in-8, texte à 2 col. br.

642. Bibliothèque étrangère d'histoire et de littérature ancienne et moderne, ou choix d'ouvrages remarquables et curieux traduits ou extraits de diverses langues avec des notices et des remarques, par M. Aignan. *Paris, Ladvocat,* 1823, 3 vol. in-8, demi-rel. v.

Recueil très apprécié pour les pièces curieuses et inédites qu'il contient.

643. Bibliotheca Belgica. Catalogue général des principales publications belges depuis 1830 jusqu'à 1860. *Bruxelles, Aug. Schnée,* 1861, in-8, de 97 pp. demi-cart. percal. non rognée.

644. Bibliographie liégeoise, par X. de Theux, *Bruxelles, J. Olivier,* 1867, 2 vol. in-8, texte à 2 col. demi-rel. basane verte foncée.

645. Les Écrivains franco-russes. Bibliographie des ouvrages français publiés par des Russes, par Grégoire Ghennady. *Dresde, Blochmann,* 1874, in-8, de 89 pp., demi-rel. v. f.

646. Bibliographie de la Perse, par Moïse Schwab. *Paris, Ernest Leroux,* 1876, in-8, br.

647. Bibliographie japonaise, ou catalogue des ouvrages relatifs au Japon qui ont été publiés depuis le xve siècle jusqu'à nos jours, par M. Léon Pagès. *Paris, Benjamin Duprat,* 1859, in-4, texte à 2 col. demi-cart. perc.

C. *Bibliographies spéciales diverses.*

648. Répertoire de bibliographies spéciales, par Gabr. Peignot. *Paris, Renouard,* 1810, in-8, demi-rel. v. vers.

Bel exemplaire EN GRAND PAPIER VÉLIN entièrement NON ROGNÉ provenant de G. DE PIXÉRÉCOURT.

649. Dictionnaire de bibliographie catholique, par F. Pérennès ; suivi d'un dictionnaire de bibliologie, par M. Brunet, de Bordeaux ; publié par M. l'abbé Migne. *Paris, J.-P. Migne,* 1858, 6 vol. gr. in-8, dont un de suppl. texte à 2 col. demi-rel. chagr. vert foncé avec coins tête dor. éb.

Bel exemplaire.

650. Bibliographie des ouvrages relatifs aux pèlerinages, aux miracles, au spiritisme et à la prestidigitation imprimés en France et en Italie l'an du Jubilé 1875. *Turin, Jean Gay,* 1876, pet. in-12, br. — Saisie de livres prohibés faite aux couvents des Jacobins et des Cordeliers à Lyon en 1694. Nouvelle édition augmentée d'un répertoire bibliographique, par Jean Gay. *Turin, Jean Gay,* 1876, pet. in-12, broché. — Ens. 2 vol.

651. Bibliographie historique de la Compagnie de Jésus, ou Catalogue des ouvrages relatifs à l'histoire des jésuites depuis leur origine jusqu'à nos jours, par le P. Auguste Carayon, de la même Compagnie. *Paris, Auguste Durand,* 1864, in-4, papier vergé de Hollande, texte à 2 col. demi-rel. chagr. br. avec coins, tête dor. éb.

652. Guide de l'amateur de livres à vignettes du xviiie siècle, par H. Cohen. *Paris, P. Rouquette,* 1870, in-8, demi-rel. v. f. fil. tête dor. éb.

653. Manuel de l'Amateur d'illustrations, gravures et portraits pour l'ornement des livres français et étrangers, par M. J. Sieurin. *Paris, Adolphe Labitte,* 1875, in-8, broché.

Exemplaire sur GRAND PAPIER.

654. Marat. Index du bibliophile et de l'amateur de peintures, gravures, etc., par Chevremont. *Paris, chez l'auteur,* 1876, in-8, br.

Un des 100 exemplaires sur PAPIER VÉLIN.

655. A. Poulet-Malassis. Les Ex-Libris français depuis leur origine jusqu'à nos jours. Nouvelle édition, revue, très augmentée et ornée de 24 planches. *Paris, P. Rouquette,* 1875, gr. in-8, papier vélin, fig. demi-rel. v. f. dos orné, tête dor. éb.

656. Notice sur les manuscrits à miniatures, par le bibliophile J. R. *Paris, Bouton,* 1874, in-12 de 72 pp. papier vergé de Hollande, demi-rel. mar. f. tête dor. éb.

657. Notice sur un ancien manuscrit relatif au cours des fontaines de la ville de Rouen, par E. de La Quérière. *Rouen, Nicétas Périaux,* 1834, in-8, 30 pp. pl. gr. demi-rel. v. f.

658. Manuel de l'amateur d'autographes, par P.-J. Fontaine. *Paris, Paul Morta,* 1836, in-8, cart. percal.

659. Les Autographes et le goût des autographes en France et à l'étranger. Portraits, caractères, anecdotes, curiosités, par M. de Lescure, et suivis d'un choix de lettres inédites. *Paris, J. Gay,* 1865, gr. in-8, demi-cart. perc.

660. Les Autographes et le goût des autographes en France et à l'étranger, par M. de Lescure. *Paris, J. Gay,* 1865, in-8, demi-rel. chagr. viol. fil. tête dor. éb.

661. Faux Autographes. Affaire Vrain-Lucas. Étude critique sur la collection vendue à M. Michel Chasle et observations sur les moyens de reconnaître les faux autographes (par Feuillet de Conches). *Paris, J. Charavay,* 1870, in-8, de 32 pp. demi-cart. percal.

662. Essai sur la reliure des livres chez les anciens, par

Gabriel Peignot. *S. l. n. d.* (*Dijon,* 1833), extrait in-8 de 58 pp. demi-cart. percal.

663. Essai historique et archéologique sur la reliure des livres, et sur l'état de la librairie chez les anciens, par Gabriel Peignot. *Dijon et Paris,* 1834, in-8 de 84 pp. et 2 figures, demi-rel. mar. rouge, jans. tête dor. éb.

664. La Reliure ancienne et moderne. Recueil de 116 planches de reliures artistiques des XVIe, XVIIe, XVIIIe et XIXe siècles. Introduction, par Gustave Brunet, accompagnée d'une table explicative avec notice de 31 reliures des plus remarquables. *Paris, Paul Daffis,* 1878, 2 vol. gr. in-4, planches, demi-rel. veau marbré, dos orné, tête dor. éb.

Ouvrage monté sur onglet.

665. Quelques mots sur l'histoire de la reliure des livres, par M. Raymond-Bordeaux. Extrait des procès-verbaux du Congrès des Sociétés savantes. *Paris, Aubry,* 1858, in-8, 8 pp. pl. gr. demi-rel. v. brun.

666. La Reliure française depuis l'imprimerie jusqu'à la fin du XVIIIe siècle, par MM. Marius-Michel, relieurs-doreurs. *Paris, Damascène Morgand,* 1880, 2 vol. gr. in-4, papier vélin, figures et planches gravées.

667. De la Reliure en France au XIXe siècle, par M. Ch. Nodier. *S. l. n. d.* (*Paris, Techener*), in-8 de 8 pp. demi-rel. v. f.

668. Exposition de 1867. — Délégation des ouvriers relieurs. *Paris,* 1868-1879, 3 vol. pet. in-8, demi-rel. mar. citr. avec coins, dos orné et mosaïque de mar. tête dor. éb.

Première partie. La reliure aux expositions de l'industrie (1798-1862). — Deuxième partie. La reliure à l'exposition de 1867. — Études comparatives de la reliure ancienne et moderne. — Troisième partie. Exposition de Philadelphie, 1876. — Délégation ouvrière libre; relieurs.

669. Lettre d'un relieur français à un bibliographe anglais, par Lesné. *Paris, Crapelet,* 1822, gr. in-8 de 28 pp. demi-rel. veau brun, tête dor. éb.

670. Notice sur les reliures anciennes de la Bibliothèque impériale de Saint-Pétersbourg, par Rodolphe Minzloff.

Paris, J. Techener, 1859, in-8 de 39 pp. papier de Hollande demi-rel. v. f.

Extrait du Bulletin du Bibliophile.

671. Étude sur la reliure des livres et sur les collections de quelques bibliophiles célèbres, par M. Brunet. *Bordeaux, G. Gounouilhou,* 1866, in-8 de 54 pp. demi-rel. v. f.

672. Des Émaux cloisonnés et de leur introduction dans la reliure des livres, par Albert de La Fizelière. *Paris, Aug. Aubry,* 1870, in-8 de 16 pp. demi-cart. perc.

Extrait du Bulletin du Bouquiniste ; tirage à très petit nombre.

673. Essai sur la décoration extérieure des livres, par MM. Marius-Michel, relieurs-doreurs. *Paris, Morgand,* 1878, in-8, figures dans le texte, 16 pp. demi-rel. v. f.

674. Cazin, sa vie et ses éditions, par un cazinophile (Brissart-Binet, libraire à Reims). *Cazinopolis* (*Châlons*), 1876, in-12, demi-rel. mar. vert avec coins, dos orné, fil. tête dor. éb.

675. Cazin, sa vie et ses éditions, par un cazinophile (Charles-Antoine Brissard-Binet.) *Reims, Giret,* 1876, in-8 papier de Hollande, br.

Exemplaire sur GRAND PAPIER.

676. Manuel du cazinophile. — Le petit format à figures, collection parisienne in-18 (vraie collection de Cazin). *Paris, A. Corroënne,* 1878, 1 vol. — Bulletin du cazinophile, suite et complément du Manuel. Première année. *Paris, A. Corroënne,* 1877, 1 vol.—Ens. 2 vol. in-12, demi-rel. v. marb. dos orné, tête r. éb.

Exemplaire sur PAPIER DE HOLLANDE.

677. Bulletin du cazinophile, suite et complément du Manuel. Première année. *Paris, A. Corroënne,* 1877, in-12, demi-rel. v. marbr. dos orné, tête r. éb.

678. Bibliographie des impressions microscopiques, par Ch. Nauroy. *Paris, Charavay frères,* 1881, in-16, papier vélin teinté, br.

Tiré à petit nombre.

679. Bibliographie anecdotique du jeu des échecs, par Jean

Gay. *Paris, Jules Gay,* 1864, in-12, papier de Hollande, broché.

680. Bibliographie entomologique. Notices sur les ouvrages périodiques, les dictionnaires et les mémoires des sociétés savantes, par A. Percheron. *Paris, J.-B. Baillière,* 1837, 2 vol. in-8 br.

681. Bibliographie dramatique, ou Tablettes alphabétiques du théâtre des diverses nations...., par Ant.-Fr. Delandine. *Paris, Renouard, s. d.,* in-8, demi-rel. v. f.

682. Petite Bibliographie biographico-romancière, ou Dictionnaire des romanciers tant anciens que modernes, tant nationaux qu'étrangers, etc., par Pigorreau. *Paris, Pigorreau,* 1821-1825, in-8, avec ses suppléments 1 à 10 et le 16e, demi-rel. mar. rouge, tête dor. éb.

Rare aussi complet.

683. Bibliothèque romantique, par Ch.-Charles Asselineau. 2e édition revue et très augmentée par une eau-forte de Bracquemond. *Paris, P. Rouquette*, 1872, gr. in-8 et appendice, frontispice gravé par Célestin Nanteuil, br.

Un des quatre exemplaires sur papier bleu.

684. Société des gens de lettres. Catalogue général des romans, nouvelles, articles littéraires et scientifiques qui peuvent être reproduits par les journaux, en vertu d'un traité annuel avec la société des gens de lettres, 1873. *Paris, librairie de la Société des gens de lettres,* 1873, in-8, demi-cart. perc.

685. Le Bibliophile fantaisiste au choix de pièces désopilantes et rares réimprimées en 1869. *Turin, J. Gay et fils, s. d.* (1869), 2 vol. in-12, papier de Hollande, portr. demi-rel. mar. citron, avec coins, dos orné et mosaïqué de mar. r. fil. tête dor. éb.

Tiré à petit nombre.

686. Table alphabétique des auteurs et personnages cités dans les mémoires secrets pour servir à l'histoire de la république des lettres en France, rédigés par Bachaumont. *Bruxelles, A. Mertens et fils,* 1866, in-12, pap. de Hollande, br.

687. J. Lemonnyer. Essai bibliographique sur les publications de la proscription française, ou catalogue raisonné d'une bibliothèque socialiste, communaliste et de libre pensée. *Versailles, au Palais de l'Assemblée nationale,* 1873, petit in-8 de 48 pp. demi-rel. mar. vert foncé avec coins, tête dor. éb.

688. Bibliographie des ouvrages relatifs à l'amour, aux femmes, au mariage, par M. le comte d'I*** (Jules Gay, libraire-éditeur). *Paris, J. Gay*, 1864, in-8, texte à 2 col. demi-rel. basane viol.

689. Bibliotheca Germanorum erotica. Verzeichniss der gesammten deutschen erotischen Literatur mit Einschluss der Uebersetzungen. Nachschlagebuch für Literaturhistoriker, Antiquare und Bibliothekare. Nach den zuverlässigsten Quellen bearbeitet von H. Nay. *Leipzig,* 1875, gr. in-8, demi-rel. mar. rouge jans. tête dor.

690. Bibliotheca scatologica.... (par MM. P. Jannet, J.-P. Payen et Aug. Veinant). *Scatopolis, chez les marchands d'aniterges, l'année scatogène* 5850 (1850). *Imp. Guiraudet et Jouaust,* gr. in-8, demi-rel. mar. rouge avec coins, dos orné, fil. tête dor. éb. (*Allô.*)

Un des exemplaires tirés sur PAPIER DE CHINE.

Pour les éclaircissements sur ce livre, voir la Petite Revue du 28 octobre 1865, p. 155.

691. Anthologie scatologique recueillie et annotée par un bibliophile de cabinet. *A Paris, près Charenton, chez le libraire qui n'est pas triste* (J. Gay), *imprimé en l'ère du carnaval* de 1,000,800,602 (1862), in-8, mar. citr. dent. sur les plats, dent. int. tr. dor.

Un des 70 exemplaires format in-8, papier vergé de Hollande.

692. Histoire politique et littéraire de la presse en France, par Eugène Hatin. *Paris, Poulet-Malassis et de Broise,* 1859-1861, 8 vol. pet. in-8, demi-rel. chagr. vert foncé, fil. éb.

693. Bibliographie historique et critique de la presse périodique française, par Eugène Hatin. *Paris, Firmin-Didot fr.,* 1866, in-8, texte à deux col. portrait, demi-rel. mar. bleu foncé, tête dor. éb.

694. Bibliographie historique et critique de la presse périodique française, par Eugène Hatin. *Paris, Firmin-Didot,* 1866, gr. in-8, texte à deux col. portrait, br.

695. Le Journal de Colletet, premier petit journal parisien, 1676, avec une notice sur Colletet, gazetier, par Arthur Heulhard. *Paris, Moniteur du Bibliophile*, 1878, in-8 tiré in-4, papier vergé teinté, demi-rel. mar. vert foncé avec coins, fil. dos orné, tête dor. éb.

696. Publication du Courrier de la librairie. — La Presse parisienne. — Catalogue général des journaux politiques, littéraires, scientifiques et industriels, paraissant au mois de juillet 1857, par Ferd. Grimont. *Paris, J. Jannet,* 1866, in-8 à 2 col. de 43 pp. demi-rel. v. f.

697. Collection des Matériaux pour l'histoire de la Révolution de France, depuis 1787 jusqu'à ce jour. Bibliographie des journaux, par M. Deschiens. *Paris, Barrois l'aîné,* 1829, in-8, br.

698. Histoire des journaux et des journalistes de la Révolution française, 1789-1796, précédée d'une introduction générale, par M. Léonard Gallois. *Paris, au bureau de la Société de l'industrie fraternelle,* 1845-1846, 2 vol. gr. in-8, portraits, br.

699. Le Père Duchesne d'Hébert, ou Notice historique et bibliographique sur ce journal, etc., par M. Ch. Brunet. *Paris, France,* 1859, in-12, demi-rel. mar. bleu avec coins, tête dor. éb.

700. Curiosités révolutionnaires : Les Journaux rouges. Histoire critique de tous les journaux ultra républicains publiés à Paris depuis le 24 février jusqu'au 1er octobre 1848, avec des extraits spécimens et une préface, par un un Girondin. *Paris, Giraud,* 1848, pet. in-12, demi-rel. mar. br. tête dor. éb.

701. J. Lemonnyer. Les Journaux de Paris pendant la Commune, revue bibliographique complète de la presse parisienne du 19 mars au 27 mai et une table alphabétique donnant le prix courant de chaque collection. *Paris, J. Lemonnyer,* 1871, in-8 de 94 pp. demi-rel. mar. blanc

avec coins, dos orn. et mosaïqué de mar. bleu. fil. tête dor. non rog.

702. Notice historique et bibliographique sur la vie et les écrits de François-Joseph Deschiens (par Aug. Denis). *Vitry-le-Français, F.-V. Bitsch,* 1878, in-8 de de 38 pp. portrait, demi-rel. v. f.

Extrait du Bulletin de la Société des sciences et arts de Vitry-le-Français.

D. *Monographies bibliographiques.*

703. Collectanea Gersoniana, ou recueil d'études, de recherches et de correspondance littéraires, ayant trait au problème bibliographique de l'origine de l'Imitation de Jésus-Christ, publiées par Jehan Spencer Smith. *Caen,* 1842, gr. in-8, demi-rel. chagr. rouge, fil. tête dor.

704. Prospectus et bulletin de souscription publié par l'éditeur Curmer pour ses Évangiles de dimanches et fêtes et ses Heures de Jehan Fouquet. 2 pièces de 16 pp. chacune réunies en 1 vol. in-8, demi-rel. v. f.

705. Notice bibliographique des ouvrages de M. de Lamennais, de leurs réfutations, de leurs apologies et des biographies de cet écrivain, par M. J.-M. Quérard. *Paris, l'éditeur,* 1849, in-8, demi-cart. perc.

Extrait des Supercheries littéraires dévoilées.

706. Notice bibliographique des ouvrages de M. de Lamennais, de leurs réfutations, de leurs apologies et des biographies de cet écrivain, par M. J.-M. Quérard. *Paris,* 1849, in-8 de 149 pp. demi-rel. v. brun.

707. Chronique littéraire des ouvrages de l'abbé Rive (par Cl.-Fr. Achard). *A Eleuthéropolis, s. d.*, in-8, demi-rel. bas. verte, n. rog.

708. Le Premier Texte de La Rochefoucauld, publié par F. de Marsescot. *Paris, D. Jouaust,* 1869, pet. in-12, br.

Exemplaire sur PAPIER DE CHINE.

709. La Première Edition des Maximes de La Rochefoucauld

imprimée par les Elzevier en 1664. Notice bibliographique, par Alphonse Willems. *Bruxelles, G.-A. Van Trigt,* 1879, in-8 de 16 pp. demi-rel. v. f.

710. Essai sur les danses des Morts, par E.-H. Langlois, du Pont de l'Arche ; ouvrage complété et publié par M. André Pottier et M. Alfred Baudry. *Rouen, A. Lebrument,* 1852, 2 vol. in-8, figures dans le texte et hors texte, br.

711. Recherches bibliographiques sur les Almanachs belges, par A. Warzée. *Bruxelles, J.-M. Héberlé*, 1852, in-8, avec un Supplément, demi-cart. gren.

712. Napoléon le Grand et l'Almanach de Gotha, ou Notice littéraire et bibliographique sur la double édition de cet almanach pour 1808 (45e année de la collection), par M. de Chénedollé. *Bruxelles,* 1849, in-8 de 16 pp. demi-rel. perc.

713. Essais bibliographiques sur deux ouvrages intitulés : *De l'Utilité de la flagellation*, par J.-B. Meibomius, et *Traité du fouet* de F.-A. Doppet, par Viest Lainopts. *Paris, Daffis,* 1875, in-8 de 35 pp. papier de Hollande et 1 frontispice tiré en noir et en rose, demi-rel. v. f.

714. Notice sur François Villon, d'après des documents nouveaux et inédits tirés des dépôts publics, par Auguste Vitu. *Paris, Librairie des Bibliophiles,* 1873, in-8 de 56 pp. papier de Hollande, portraits, demi-rel. chag. r.

Quatre épreuves du portrait de Villon sur chine, tiré en rouge, bistre, bleu et noir.

715. Le Manuscrit des Vies des poètes françois, de Guillaume Colletet, brûlé dans l'incendie de la bibliothèque du Louvre. Essai de restitution, par Léopold Pannier. *Paris, A. Franck,* 1872, in-8 de 19 pp. demi-cart. perc.

Extrait de la *Revue critique d'histoire et de littérature,* tiré à 60 exemplaires.

716. Bibliographie et Iconographie de tous les ouvrages de Restif de La Bretonne, par Paul Lacroix. *Paris, Aug. Fontaine,* 1875, in-8, papier vergé de Hollande, portr. demi-rel. chagr. vert avec coins, tête dor. ébarb.

717. Bibliographie de l'Œuvre de P.-J. de Béranger, par Jules Brivois. *Paris, L. Conquet,* 1876, in-8, br.

718. Bibliographie de l'Œuvre de P.-J. de Béranger, contenant la description de toutes les éditions, l'indication d'un grand nombre de contrefaçons, le classement des suites de gravures, vignettes, etc., par Jules Brivois. *Paris, L. Conquet,* 1876, gr. in-8, demi-rel. mar. brun, tête dor. éb.

Exemplaire sur GRAND PAPIER DE HOLLANDE.

719. Bibliographie cornélienne, par Em. Picot. *Paris, Aug. Fontaine,* 1876, in-8, papier vergé de Hollande, portr. demi-rel. chagr. vert avec coins, tête dor. éb.

720. Les Éditions illustrées de Racine, par A.-J. Pons, deux portraits à l'eau-forte. *Paris, A. Quantin,* 1878, gr. in-8, papier de Hollande, deux portraits à l'eau-forte, br.

721. Bibliographie et Iconographie des Œuvres de J.-F. Regnard (8 février 1655-5 septembre 1709) (par M. Campoignon de Marcheville, maître des requêtes au Conseil d'État). *Paris, Rouquette,* 1877, in-12 de 66 pp. papier de Hollande, demi-rel. mar. citr. tête dor. éb.

722. Bibliographie et Iconographie des Œuvres de J.-F. Regnard (8 février 1655-5 septembre 1709). *Paris, Rouquette,* 1877, petit in-12 de 63 pp. papier de Hollande, broché.

723. Théâtre de Marivaux : Bibliographie des éditions originales et des éditions collectives données par l'auteur (par A. P.-Malassis). *Paris, P. Rouquette,* 1876, in-8 de 24 pp. demi-rel. v. brun.

724. Essais d'études bibliographiques sur Rabelais (par G. Brunet). *Paris, Techener,* 1841, in-8 de 88 pp. demi-rel. mar. vert avec coins, dos orné, fil. tête dor. éb.

Tiré à petit nombre; exemplaire sur PAPIER ROSE.

725. P. Lacroix. Rabelais, sa vie et ses ouvrages. *Bruxelles, Aug. Schnée,* 1858, in-12, demi-rel. mar. r. tête dor. éb.

726. Rabelais et ses éditeurs, par H.-Émile Chevalier. *Paris, Auguste Aubry,* 1868, in-12 de 31 pp. papier de Hollande, demi-rel. mar. r. tête dor. éb.

Portrait de Rabelais, 4 épreuves sur chine, en rouge, bleu, bistre et noir.

727. Sur les éditions primitives de Rabelais, par Gustave Brunet (extrait du tome VIII du Bulletin du Bibliophile belge). *Bruxelles, J.-M. Héberlé,* 1851, in-8 de 11 pp. demi-cart. perc.

728. Recherches bibliographiques et critiques sur les éditions originales des cinq livres du Roman satirique de Rabelais, par Jacq.-Ch. Brunet. *Paris, L. Potier,* 1852, in-8, v. f. dos orné, fil. tr. dor. (*Petit, successeur de Simier.*)

729. Bibliographie de Manon Lescaut et notes pour servir à l'histoire du livre, par Henry Harrisse, seconde édition, revue et augmentée. *Paris, D. Morgand et Ch. Fatout,* 1877, in-8, papier de Hollande, fac-similé, br.

730. Bibliographie de Manon Lescaut et notes pour servir à l'histoire du livre, par M. Henry Harrisse. *Paris, D. Morgand et Ch. Fatout,* 1877, in-8, papier de Hollande, fac-similé, br.

731. Prosper Mérimée, sa bibliographie, par Maurice Tourneux, ornée d'un portrait gravé à l'eau-forte par M. Frédéric Régamey. *Paris, Baur,* 1876, in-8 de 32 pp. avec portr. demi-cart. perc.

732. Prosper Mérimée, ses portraits, ses dessins, sa bibliothèque; étude par Maurice Tourneux. *Paris, Charavay,* 1879, pet. in-8 carré, portraits et vignettes, br.

Exemplaire sur PAPIER DE HOLLANDE.

733. Romantiques. Éditions originales, vignettes, documents inédits ou peu connus. — Petrus Borel, Alexandre Dumas, par A. Parran. *Alais, J. Martin,* 1881, in-8, 2 portraits, br.

734. Albert Glatigny, sa bibliographie, précédée d'une notice littéraire, par Jules Claretie, et ornée d'un portrait gravé à l'eau-forte, par M. Frédéric Régamey. *Paris, J. Baur,* 1875, in-8 de 25 pp. portr. demi-rel. v. f.

735. Théophile Gautier, sa bibliographie, par M. Maurice Tourneux, ornée d'une eau-forte de M. H. Valentin d'après le portrait de Théophile Gautier peint par lui-même. *Paris, J. Baur,* 1876, br. in-8 de 44 pp. portr.

Exemplaire sur PAPIER DE CHINE.

736. Essai bibliographique sur la Collection d'auteurs français in-32, publiée à Bruxelles par MM. Laurent frères et par leurs continuateurs, 182. -1853, par M. Alph. Deschamps. *Bruxelles, J. Olivier,* 1879, in-8 de 19 pp. demi-rel. chagr. r. avec coins, fil. tête dor. éb.

737. Essai bibliographique sur la Collection d'auteurs français in-32, publiée à Bruxelles par MM. Laurent frères, 1828-1853, par Alph. Deschamps. *Bruxelles, Fr.-J. Olivier,* 1879, in-8 de 19 pp. demi-rel. v. f.

738. Bibliographie Voltairienne (extraite de la France littéraire de Quérard). *Paris, Firm.-Didot fr. et Daguin fr., s. d.,* gr. in-8, texte à 2 col. demi-rel. v. f. avec coins, dos orné, fil. tête dor. éb.

739. Recherches sur les ouvrages de Voltaire, par J. J. E. G., avocat (Gabr. Peignot, proviseur du Collège royal de Dijon). *Paris,* 1817, pet. in-8 de 68 pp. portrait de Voltaire ajouté, demi-rel. mar. r. dos orné, tête dor. éb.

740. Bibliographie anecdotique et raisonnée de tous les ouvrages d'Andréa de Nerciat, par M. de C***. *Londres, Hooggs,* 1876, pet. in-8, portr. sur papier de Chine, br.

741. Bibliographie des Mazarinades, publiée pour la Société de l'histoire de France, par C. Moreau. *A Paris, chez J. Renouard,* 1850-1851, 3 vol. in-8, demi-rel. chagr. rouge, tête dor. éb.

742. Quelques pages sur les Mazarinades, imprimées à Rouen en 1649, par Léon de Duranville. *Rouen, Métérie,* 1876, in-8 de 24 pp. demi-rel. v. f.

743. Notice sur les deux séries de la Collection des Mémoires relatifs à l'histoire de France, publiés par MM. Petitot et Mommerqué. *Paris, J.-L.-F. Foucault,* 1829, in-8 de 40 pp. demi-cart. perc.

744. Recherches sur Jean Grolier, sur sa vie et sa bibliothèque, suivies d'un catalogue des livres qui lui ont appartenu, par M. Leroux de Lincy. *Paris, L. Potier,* 1866, in-8, planches en chromolith. demi-rel. mar. rouge avec coins, dos orné, tête dor. éb.

745. Albert de La Fizelière, homme de lettres. Notice nécro-

logique, par P. Lacroix. — La Bibliothèque d'Albert de La Fizelière (par le même). *Paris, Ve Aubry,* 1878, 2 pièces in-8 de 15 pp. chac. reliées en 1 vol. demi-rel. v. f.

Extrait du *Bulletin du Bouquiniste*, tiré à très petit nombre.

746. Un Bouquiniste parisien : Le père Lécureux, par Alexandre Piédagnel. Frontispice à l'eau-forte, composé et gravé par Maxime Lalanne. *Paris*, *Ed. Rouveyre*, 1878, in-8, papier de Holl. figure, demi-rel. mar. grenat avec coins, tête dor. éb.

747. Bibliographie des Sociétés savantes de la France. Première partie. Départements. Extrait de la *Revue des Sociétés savantes*, 6e série, tome VI. *Paris*, *Imprimerie nationale*, 1878, in-8 de 83 pp. demi-rel. v. f.

748. Notice bibliographique et littéraire sur le Philobiblion de Richard de Bury, évêque de Durham, précédée d'une biographie de cet auteur, par Hippolyte Cocheris. *Paris*, *Aug. Aubry*, 1857, pet. in-8 de 47 pp. papier de Hollande, demi-rel. mar. r. tête dor. éb.

V. JOURNAUX

749. Extrait du journal *la Réforme*. Marie-Joseph Chénier et le Prince des Critiques, par Félix Pyat. *Paris*, 1844, 15 pp. — M. Félix Pyat, réponse du Prince des Critiques. *Paris*, 1844, 15 pp. — Le critique Jules Janin et le dramaturge Alexandre Dumas, à propos des demoiselles de Saint-Cyr. Extraits du *Journal des Débats* et de *la Presse*. *Paris*, 1843, 42 pp. — A M. Janin, Nestor Roqueplan, directeur de l'Opéra; feuilleton du *Constitutionnel*, 16 mai 1852. — M. Jules Janin jugé par lui-même. Pourvoi en cassation de M. Félix Pyat. *Paris*, 1844, 59 pp. — Ens. 5 br. réunies en 1 vol. in-8, demi-cart. perc.

750. Revue anecdotique des Lettres et des Arts (fondée par Loredan Larchey). *Paris*, avril 1853 - octobre 1862. 15 tomes en 8 vol. — La Petite Revue du 14 novembre 1863 au 15 avril 1870. 15 tomes en 7 vol. — Gazette

anecdotique, littéraire, artistique, publiée par G. d'Heylli. *Paris, Jouaust*, 1876-77, 1re et 2e années en 4 vol. — La Revue de poche littéraire et anecdotique. *Paris*, 1867, 3 vol. — Ens. 22 vol. gr. in-12, demi-rel. veau granit avec coins, reliure uniforme.

751. Revue romantique et facétieuse. *Paris, A. Barraud*, 1872, in-8 de 96 pp. demi-rel. v. f.

Nos 1, 2 et 3.

SUPPLÉMENT

---

752. Carte de l'État-major français au 1/80,000, composée de 257 feuilles y compris le tableau d'assemblage.

Collection complète gravée.

753. Cartes de l'État-major français au 1/80,000, gravées. 19 cartes comprenant Bourg, Aigurande, Poitiers, Issoudun, Châteauroux, Chatellerault, Bourges, Valençay, Loches, Angers, Le Mans, Ancenis, Saumur, Nice, Bastia, etc.

754. Cartes gravées de l'ancienne France, par Cassini. 15 feuilles.

Contenant :
Frontières de Suisse, Dauphiné, Béarn, Bigorre, Auch, Marmande, Narbonne, Languedoc, Rouergue, Pamiers, Toulouse, comté de Foix, Castres, frontières d'Espagne, côtes de Gascogne.

755. Figures en taille-douce : Empereur romain; Jésus et ses disciples; portrait de Didon, par Colin; portrait de Napoléon, par Robinson; etc. 9 pièces avec marges.

Toutes ces pièces sont AVANT LA LETTRE.

756. —— gravées à l'eau-forte par Flameng, de Groiseillez, Potemont, J.-P. Laurens, Lapostolet, Jeanron, Berthou,

Daubigny, Lemaire, Bergeret, etc. 47 pièces de différents formats.

Contenant :

Bouge au milieu duquel une jeune fille a la vision rayonnante du Christ, belle eau-forte tirée gr. in-fol., superbe épreuve avant la lettre. Port de mer, Vaches dans la prairie, Moulin à vent, Ferme. le Chemin creux, le Crépuscule, le Berger, les Laveuses, Sous bois. Pour les inondés, une Rue de Rouen, Marine, un Pigeonnier, Fleurs, Paysages, les Fiancés, la Lutte.

757. Lithographies : L'Alchimiste de Zory, par Baron, *avant lettre ;* l'Alchimiste d'Isabey, par Nanteuil, avant la lettre ; Portrait de Frossard, par Des Maisons ; Portrait de Boullay, par Grevedon ; Avenirs et Souvenirs, par C. Nanteuil. — Ens. 6 pièces, in-fol.

758. Ornements et Cartouches : 8 feuilles de La Joue ; 7 feuilles de Germain ; 1 feuille de Haberman et 1 feuille d'Audran. — Ens. 17 pièces.

Environ 1,200 volumes reliés et brochés, que le temps n'a pas permis de cataloguer, seront vendus séparément ou en lots : Chantelauze. Mémoires de Philippe de Commines. *Grand papier.* — La Légende de sainte Ursule. — Statues, groupes, fontaines de Versailles, par Thomasini. — Bourassé. La Touraine. — Francis Wey. Rome. — Les Émaux de Petitot. — Guérin. La Terre sainte. *Exemplaire en papier du Japon.* — Ch. Yriarte, Florence. *Grand papier.* — Album historique et pittoresque de Saône-et-Loire. — Album du Nivernais. — Angers pittoresque. — Francis Wey. La Haute-Savoie. — Gavarni. Joyaux et parures ; le Diable à Paris. — Varin. Les Papillons. — Nus et Meray. L'Empire des légumes. — Grandville. Les Fleurs animées ; les Métamorphoses du jour ; les Étoiles ; Cent Proverbes ; Petites Misères de la vie humaine ; Fables de Florian ; Fables de La Fontaine ; Voyage de Gulliver. — Bida. Aucassin et Nicolette. — Bertall. Comédie de notre temps, 3 vol. ; la Vigne. — Tœpffer. Voyages en zigzag. — La Pologne illustrée. — H. Monnier. Scènes populaires. — Droz. Monsieur, Madame et Bébé. — A. de La Vergne. Châteaux et ruines de France. — G. Duplessis. Histoire de la gravure, *grand papier*. — Daumier. Les Cent et un Robert-Macaire. — Voyage où il vous plaira. — Gil Blas. Édition Paulin, 1831. — Petites Misères de la vie conjugale. — Paul et Virginie. Édition Curmer, 1888. — Mille et une Nuits. Édition Bourdin. — Arioste. Roland furieux. — V. Hugo. Notre-Dame de Paris. — É. Marco de Saint-Hilaire. Histoire de la Garde impériale. — Las Cases. Mémorial de Sainte-Hélène. — Laurent de l'Ardèche. Histoire de Napoléon. — Le Diable boiteux. Édition Bourdin, 1840. — Silvio Pellico. Mes Prisons. Delloye, 1841. — Autrefois, ou le bon vieux temps. — Grandville. Scènes de la vie privée et publique des animaux. — Pitre-Chevalier. Bretagne et Vendée. — J. Janin. La Normandie et la Bretagne. — Ch. Nodier. La Seine et ses bords. — Galerie historique des comédiens de la troupe de Nicollet, Talma, Voltaire, acteurs français. Éditions Scheuring. — Pierre Dupont. Chants et chansons. — Sterne. Voyage sentimental. *Édition Bourdin*. — Louis Lurine. Les Rues de Paris. — Troupe de Molière. Édition Scheuring. — Les Français peints par eux-mêmes. — Reybaud. Jérôme Paturot. — Lireux. Assemblée nationale comique. — M. Sand. Masques et Bouffons. — Fortoul. Les Fastes de Versailles. — Les Étrangers à Paris. — Janin. Un Hiver et un Été à Paris. — Ch. Nodier. Les Environs de Paris. — Th. Lavallée. Histoire de Paris. — Ch. Perrault. Contes des Fées. Édition de l'Imprimerie impériale. — Morand. Histoire de la Sainte-Chapelle. — Béranger. Œuvres. 5 vol. — Œuvres de Gresset, 1811, Renouard. — Daphnis et Chloé. Édition Leclerc. — Boileau. Œuvres. Édition Blaise. — Lamartine. Le Lac. Édition Curmer. — Gavard. Galeries de Versailles. — Janin. L'Ane mort. Édition Bourdin. — Moreau. Decamps et son œuvre. — Ouvrages de Delvaux, Monselet, etc.

TABLE DES DIVISIONS

Paris. — Typ. Georges Chamerot, 19, rue des Saints-Pères. — 14130.

www.ingramcontent.com/pod-product-compliance
Ingram Content Group UK Ltd.
Pitfield, Milton Keynes, MK11 3LW, UK
UKHW020332180726
13839UKWH00002B/663

9 782329 290201